こころきらきら

枕《まくらの》草《そう》子《し》

笑って恋して清少納言

木村耕一

イラスト 黒澤葵

1万年堂出版

春は、あけぼの。
日の出前が好き。
真っ暗な空が、だんだん白んできて、
黒い山と夜空の境が、
ちょっと明るくなり始めると、
心がときめくのです。

夏は、夜。
月の美しい夜は、もちろん素敵。
でも、月のない闇夜もいいわよ。
たくさんの蛍が、
やわらかい光を放って
飛び交っているじゃないの。

秋は、夕暮れ。
真っ赤な夕日が、大空をだいだい色に染め、
西の山に沈もうとしている時は、
何を見ても、心にしみるものがあります。

人間なんて、
心変わりすると、
全く別人になるんですよ。

（第六八段）

根も葉もないウワサに、
尾びれ背びれをつけて、
非難するのが世間。
クヨクヨしても始まらないですよ。
（第一三六段）

周りの人に
自分の欠点を見せないように気を張っていても、
最後まで隠し通せることは、
めったにないのです。

（第七二段）

恥ずかしいと思いませんか。
女は、他人のウワサ話と悪口ばかり。
男は、女をもてあそんでばかり。
(第一一九段)

花は、春が来ると、また咲き誇る。
しかし、花を楽しんでいた人は、もう帰ってこない。
月は、秋が来ると、また光り輝く。
しかし、月を愛していた人は、
どこに行ってしまったのか……。
（第一二八段）

はじめに

春は、あけぼの。ようよう白くなりゆく山際《やまぎわ》……

『枕草子《まくらのそうし》』の、有名な書き出しです。
なぜ、「あけぼの（夜明け前）」なのでしょうか。
春といえば、「満開の桜」「黄色い菜の花」などを思《おも》い浮《う》かべる人が多いと思います。
それなのに、花ではなく、時間帯できたか！
この意外性が、夜明け前の静けさを、映画の

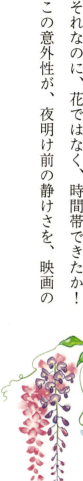

ワンシーンのように脳裏《のうり》に浮かばせ、強烈《きょうれつ》な印象を与《あた》えているのです。

清少納言《せいしょうなごん》は、私たちに、

「ほら、つらい冬が終わって、温かい太陽が昇《のぼ》ってきたよ。

真っ暗な闇《やみ》が去って、薄紫色《うすむらさきいろ》に輝《かがや》いてきたよ。

だから、春は、あけぼのが好き」

と語りかけているように思います。

彼女自身が、生きることのつらさ、苦しさを、強く感じていたからこそ、

「春の来ない冬はない」

「朝の来ない夜はない」

「だから、あきらめずに、前向きに生きよう」

というメッセージを、『枕草子《まくらのそうし》』の冒頭《ぼうとう》に込《こ》めたのではないでしょうか。

こう言うと、

「ちょっと待って！『枕草子《まくらのそうし》』は、千年前の、平安貴族の日常を、エッセー風に書いたものでしょう。王朝生活は、そんなに暗いはずないですよ」

と疑問を持つ人があるかもしれません。

私も、『枕草子《まくらのそうし》』を読むまでは、

「平安貴族は、気楽でいいなあ。いつもきれいな服を着て、すぐ恋《こい》をして和歌を詠《よ》み、四季の変化を眺《なが》めて『風流だな』と言っていれば評価されるんだから……。何の苦しみもない人たちだろうな」

と思っていました。

ところが、清少納言《せいしょうなごん》が、当時の天皇と后《きさき》の周りで起き

たことを書き残してくれたおかげで、平安貴族といっても、王朝生活といっても、人間関係の苦しみは、現代の私たちと、少しも変わらないことが分かります。

根も葉もないウワサ話に悩《なや》まされたり、濡《ぬ》れ衣《ぎぬ》を着せられたり、権力争いに巻《ま》き込《こ》まれたり……。

でも、どんな理不尽《りふじん》な扱《あつか》いを受けても、清少納言《せいしょうなごん》は、相手を非難したり、攻撃《こうげき》したり、報復したりしていません。知恵《ちえ》と洒落《しゃれ》、ユーモアのセンスを生かして、乗《の》り越《こ》えていきます。

怒《いか》りには怒《いか》りをぶつけ、恨《うら》みには恨《うら》みで報復していては、いつまでも、ドロドロとした戦いが続き、お互《たが》いに、得るものはありません。

「正しいことは、時間の流れが証明してくれる。私は、私の誠意を尽《つ》くすだけ……」

清少納言《せいしょうなごん》の、こういう心の持ち方が、千年たっても、多くの読者に支持されている理由ではないでしょうか。

「『枕草子《まくらのそうし》』は、キラキラしている」

「悲しみ、苦しみを乗り越《のこ》える力を与《あた》えてくれる」

という読後感を持つ人が多いのもうなずけます。

『枕草子《まくらのそうし》』は、世界最古の随筆文学《ずいひつぶんがく》といわれています。ちょうど同じ頃《ころ》に、紫式部《むらさきしきぶ》が『源氏物語《げんじものがたり》』を書いています。これは、世界最古の長編小説といわれています。

千年も前の平安時代に、世界に誇《ほこ》る文学作品が、続けて生まれたことは、素晴《すば》らしいことだと思います。日本人の文化、教養の高さの表れです。

紫式部《むらさきしきぶ》は、清少納言《せいしょうなごん》に強い対抗意識《たいこういしき》を持っており、

「清少納言《せいしょうなごん》は、知ったかぶりで、偉《えら》そうにしています。よく見れば欠点だらけです」

と痛烈《つうれつ》に非難しています。なぜ、ここまで、言い切るのか。そこには、驚《おどろ》くべき事実が隠《かく》されていました。まずは、『枕草子《まくらのそうし》』そのものを、意訳で味わってから、最後に明らかにすることにしましょう。

『枕草子《まくらのそうし》』は、全体で約三百段もあります。数行のメモから、日記、短編小

説風な書き方まで、まさに自由闊達《じゆうかったつ》に記しています。

平安時代の習慣や、儀式《ぎしき》などに関する記載《きさい》は省略し、現代の私たちが読んで、理解しやすい部分を意訳していきます。

清少納言《せいしょうなごん》の、キラキラした心が伝わることを願っています。

『枕草子《まくらのそうし》』の原文は、岩波書店《いわなみしょてん》発行の『枕草子《まくらのそうし》』（新日本古典文学大系25）から転載《てんさい》させていただきました。快くご許可くださった校注者の渡辺実《わたなべみのる》先生には、厚く御礼《おんれい》を申し上げます。

平成三十年七月

木村　耕一

こころ
きらきら
枕草子

もくじ

『枕草子』を読む前に
清少納言の人生を、大きく変えた出会いとは

❖意訳で楽しむ枕草子

1 心きらめく日本の四季。本当の美しさに、気づいていますか？
第一段 春は曙 34

2 へらへら言い訳する男には、さりげなく、知恵の剣で斬り返そう
第五段 大進生昌が家に 44

もくじ

3 この犬を笑えますか。まるで人間の栄枯盛衰、そのままよ
第六段　うえにさむらう御ねこは　54

4 嫌なことが多いですよね。こんなことと感じるのは、私だけかな
第二五段　にくき物　70

5 不謹慎かもしれませんが、やはり、説教の講師は美男子がいい！
第三〇段　説経の講師は顔よき　78

6 「寂しいから、早く帰ってきて」。そんなこと、今は、無理ですよ
第三一段　菩提という寺に　80

7
人間なんて、心変わりすると、
全く別人になるんですよ
第六八段　たとしえなきもの
84

8
「こうありたい」「こうなりたい」と、
皆が望むものは、どこにもないものばかり
第七二段　ありがたきもの
86

9
事実無根のウワサが広がって、
「あんなやつとは知らなかった」と
非難されたら、どうしますか
第七八段　頭中将の、すずろなるそらごとを聞きて
88

もくじ

10 気まずくて、いたたまれない思いがすること、結構ありますよね
第九二段　かたはらいたき物　98

11 誰も見たことのない「素晴らしい骨」って、何でしょうか
第九八段　中納言まいり給て　100

12 桜の花は、絵よりも、実物が美しい。松の木は、実物よりも、絵が素晴らしい
第一一二段　絵にかきおとりする物　104

13 冬は、冬らしく。夏は、夏らしく
第一一三段　冬はいみじゅう寒き　106

14
恥ずかしいと思いませんか。
女は、他人のウワサ話と悪口ばかり。
男は、女をもてあそんでばかり
第一一九段　はずかしきもの
108

15
他人が呼ばれたのに、
勘違いして自分が出ていくと、
気まずいですよね
第一二二段　はしたなきもの
112

16
雨上がりの朝は、
菊の花にも、クモの巣にも、
新鮮な感動があります
第一二四段　九月ばかり、夜ひと夜
114

もくじ

17
「このまま、ただ、私を好きでいてください」。
プロポーズへの清少納言の返事
第一二八段　故殿の御ために、月ごとの十日
118

18
恋の関所の番人は、だまされませんよ。
しっかりしていますからね
第一二九段　頭弁の、職にまいり給て
124

19
根も葉もないウワサに、
尾びれ背びれをつけて、非難するのが世間。
クヨクヨしても始まらないですよ
第一三六段　殿などのおわしまさでのち
134

20
「今日は、どうも体調がすぐれない」。
親が言うと、ドキッとします
第一四三段　むねつぶるる物
146

21
小さいものは、本当に、かわいらしいですね
第一四四段　うつくしき物
148

22
心の通わない兄弟姉妹は、
近くにいるけど、遠い
第一五九段　ちこうてとおき物
152

23
男と女の間には、
遠い距離がありそうで、実は、近い
第一六〇段　とおくてちかき物
154

もくじ

24 品のない言葉を遣う人なんて、最低ですね。
みっともないです
第一八六段　ふと心おとりとかするものは　156

25 梅雨の時期に、野山を歩くのは、楽しいものです
第二〇六段　五月ばかりなどに山里にありく　160

26 「美しいなあ」。こんな感激がわいた時、
人は歌を詠みたくなる
第二一一段　九月廿日あまりのほど、長谷に　164

27 月の明るい夜に、川を渡ると、
キラキラ輝く水晶が見えるんです
第二一五段　月のいとあかきに　166

28
「すごいウワサが飛び交っているけれど、
あなた、濡れ衣を着せられたんじゃないの」
第二二一段　細殿に、びんなき人なん
168

29
20歳、30歳……70歳、80歳。
人の年齢は、あっという間に、過ぎていきます
第二四一段　ただすぎにすぐる物
174

30
「あの人が、あなたのことを心配していましたよ」
と聞くと、うれしいものです
第二五〇段　よろずのことよりも、なさけあるこそ
176

もくじ

31 さあ、テストです。「清少納言よ、香炉峰の雪は、どうであろう」 第二八〇段　雪のいとたこう降たるを 180

32 「あなたは、いつも、大騒ぎして褒めてくれるね。褒めすぎだよ」 第二九三段　大納言殿まいり給て 186

現地ルポ ❖『百人一首』と清少納言 「恋の関所」を詠った逢坂の関を訪ねて 196

逢坂山インタビュー ❖逢坂山でゆうげを 清少納言の秘められた思い 205

『枕草子』を読む前に

清少納言の人生を、大きく変えた出会いとは

「清少納言《せいしょうなごん》って、名前ではないですよね」

そう言われれば、確かに、そうです。

宮仕えに出てからの、仕事上の名前です。

では、本名は？

調べても出てきません。「清原元輔《きよはらのもとすけ》の娘《むすめ》」

としか伝わっていないのです。

父・清原元輔《きよはらのもとすけ》は、身分の高い貴族ではありませんでした。しかし、有名な歌人でした。これが、彼女の大きなプレッシャーになっていました。

実は、歌を詠《よ》むのが苦手だったのです。

「親が名人だから、その子も、うまいに違《ちが》いないと見られるのが、嫌《いや》なのです。下手《へた》な歌を詠《よ》んだら親に申し訳ないから、詠《よ》まないことにしています」

と告白しています。コンプレックスに苦しんでいたのですね。

十六歳の頃《ころ》に、貴族の名門・橘家《たちばなけ》の嫡男《ちゃくなん》と結婚《けっこん》して、子供にも恵《めぐ》まれたのに、夫婦仲《ふうふなか》がうまくいかず、離縁《りえん》……。

いいことなんて何もありません。

関白・藤原道隆からの指名で、人生が、大きく変わる

ところが、清少納言《せいしょうなごん》が二十八歳になった頃《ころ》に、関白《かんぱく》・藤原道隆《ふじわらのみちたか》から、「娘《むすめ》のそばに仕えてくれないか」という誘《さそ》いがあったのです。

関白《かんぱく》とは、天皇の補佐《ほさ》をして政治を行う最高権力者です。

関白《かんぱく》・道隆《みちたか》の娘《むすめ》・定子《ていし》は、一条天皇《いちじょうてんのう》に嫁《とつ》いでいました。

当時の天皇には、政治的な思惑《おもわく》から、后《きさき》が何人もいるのが慣例でした。

后《きさき》の中の最高の位を**「中宮《ちゅうぐう》」**といいます。**皇后**のことです。

定子《ていし》は、天皇の最愛の后《きさき》であり、「中宮定子《ちゅうぐうていし》」と呼ばれていました。

関白《かんぱく》・道隆《みちたか》は、自分の娘《むすめ》・定子《ていし》の周りに、教育係になったり、話し相手に

なったりすることができる優秀《ゆうしゅう》な女性を、多く集めようとしていました。后《きさき》を中心として、知的なサロンを形成するままが、天皇の関心を呼び、愛を独占《どくせん》する方法であると、当時の貴族は考えていたのです。

このようにして宮仕えする女性を「**女房**《にょうぼう》」といいます。「房《ぼう》」とは「部屋《へや》」という意味です。一つの部屋《へや》（局《つぼね》）を与《あた》えられて、主人に仕えるのです。

関白《かんぱく》・道隆《みちたか》は、どこで清少納言《せいしょうなごん》を知ったのかは分かりません。娘《むすめ》のために、いろいろと情報を集めているうちに、幅広《はばひろ》い教養と、ひといちばい敏感《びんかん》な感覚を持っている清少納言《せいしょうなごん》を発見したに違《ちが》いありません。

イメージと異なる清少納言。初めは、どんな女性だったのか

清少納言《せいしょうなごん》は、いきなり、皇后定子《ていし》に、「女房《にょうぼう》」として仕えることになったのです。

この時、定子《ていし》は十七歳。自分よりも、十歳以上も若い主人です。

清少納言《せいしょうなごん》というと、人前で物怖《ものお》じするようなタイプではなく、何でもハッキリと言う女性というイメージが強いと思います。

ところが、『枕草子《まくらのそうし》』を読んでみると、最初は、全く違《ちが》ったようです。

定子《ていし》の前に、初めて出た時のことを、次のように書き残しています。

「何をするのも恥《は》ずかしく、涙《なみだ》が落ちそうになるので、昼間は、とても顔を

出すことができませんでした。

夜になると、そっと、定子《ていし》さまのおそばに参上して、衝立《ついたて》の後ろに座《すわ》っていました。すると、定子《ていし》さまは、『そんな所に隠《かく》れていないで、出ていらっしゃい』とおっしゃいます。

新参者の私に、わざわざ絵を差し出して見せてくださいました。でも、私は、受け取りたいのに、緊張《きんちょう》のあまり、体がコチコチになって、手を出すこともできなかったのです。すると、定子《ていし》さまは、優《やさ》しく、『この絵は、こうなのよ。あの場面かしら……』と語りかけてくださいました」

優秀《ゆうしゅう》な新人だと思って採用したのに、昼間は出てこないし、何を聞いても

黙《だま》っているし、絵を渡《わた》しても受け取らなかったら、普通《ふつう》は、怒《おこ》られますよ。どなられて、その場で解雇《かいこ》されても、文句は言えません。

しかし、定子《ていし》は怒《おこ》りませんでした。清少納言《せいしょうなごん》の緊張《きんちょう》をほぐそうと、優《やさ》しく声をかけていきます。そして、その人が、本来、持っている力を、次第《しだい》に引き出していくのです。

定子《ていし》は、女房《にょうぼう》たちをよく見ていました。

そして、一人一人が、自分の持っている才能を最大限に発揮できる雰囲気《ふんいき》を作っていきました。それが、そのまま一条天皇《いちじょうてんのう》の后《きさき》の中でも、皇后定子《ていし》のサロンの文化レベルが格段に高まり、大きく花開いていったのです。

清少納言《せいしょうなごん》は、自分の才能を認め、自分を信頼《しんらい》してくれる定子《ていし》を主人に持ったことによって、人生が大きく変わりました。

主従の信頼関係《しんらいかんけい》が、いかに深いものであったかは、『枕草子《まくらのそうし》』の随所《ずいしょ》に表れています。

清少納言《せいしょうなごん》は、女性ではありますが、中国の『史記《しき》』の有名な言葉、

「士《し》は己《おのれ》を知《し》る者《もの》のために死《し》す」

を座右の銘《めい》にして、

「主人・定子《ていし》のために全力を尽《つ》くそう」

と心に誓《ちか》っていたとしか思えない生涯《しょうがい》を送っていきます。

「この紙に、何を書きましょうかね」定子の問いに、清少納言のユーモア

ある時、天皇と定子《ていし》の元へ、大量の紙が寄贈《きぞう》されました。当時、紙は、とても貴重な品でした。

定子《ていし》は、清少納言《せいしょうなごん》に、こう言います。

「この紙に、何を書きましょうかね。帝《みかど》は、中国の『史記《しき》』を写されるそうよ」

清少納言《せいしょうなごん》が、即答《そくとう》します。

「それなら、枕《まくら》でしょう」

定子《ていし》は、とても満足した笑顔《えがお》で、

「じゃ、あなたにあげるね」

と言ったといいます。

清少納言《せいしょうなごん》が「枕《まくら》」と言ったのは、中国の白楽天《はくらくてん》の詩に、

「**書《しょ》を枕《まくら》にして眠《ねむ》る**」

とあるからだといわれています。

「役所にいても仕事がないので、白髪頭《しらがあたま》の老長官である私は、書物を枕《まくら》にして昼寝《ひるね》をしている」

という内容です。即座《そくざ》に、この『白氏文集《はくしもんじゅう》』の漢詩を思い出し、ユーモアたっぷりに答える清少納言《せいしょうなごん》の教養の広さに、定子《ていし》は満足したのでした。

こうして、貴重な紙を受け取った清少納言《せいしょうなごん》が、主人・定子《ていし》の周りで起きたこと、見たり、聞いたりしたことを、エッセー風に書き始めたのが『枕草子《まくらのそうし》』になったのです。

人物関係図

※清少納言が仕えた皇后定子と親族

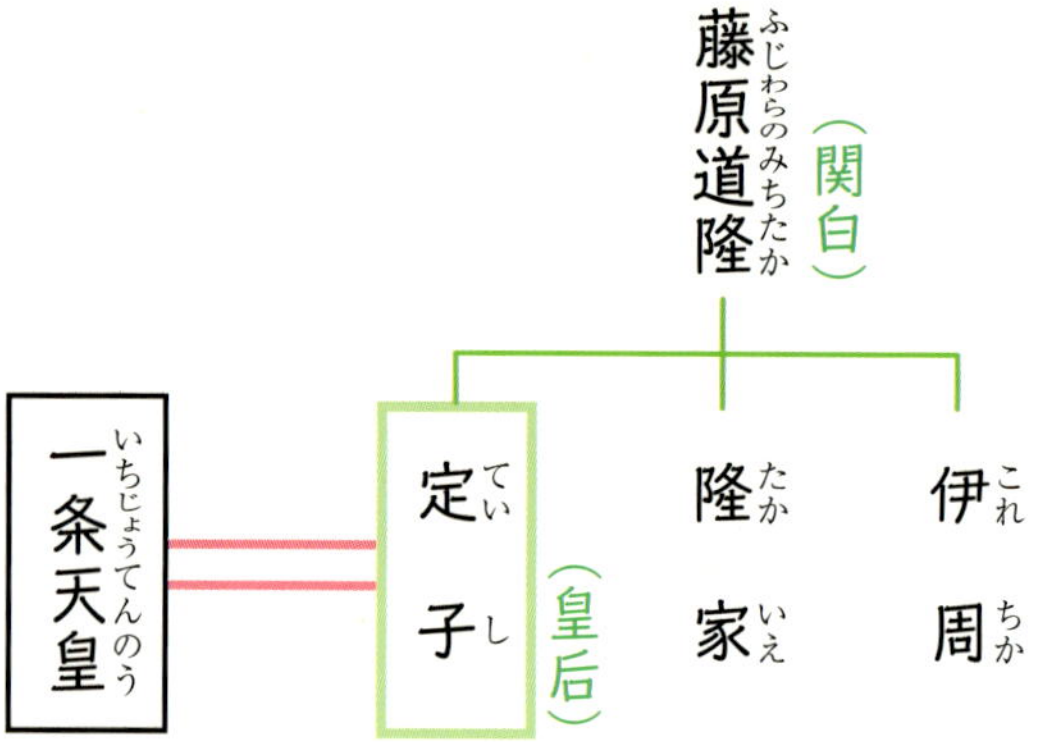

伊周は、本書の 32 話に登場します。
隆家は、本書の 11 話に登場します。

※清少納言にプロポーズする男性

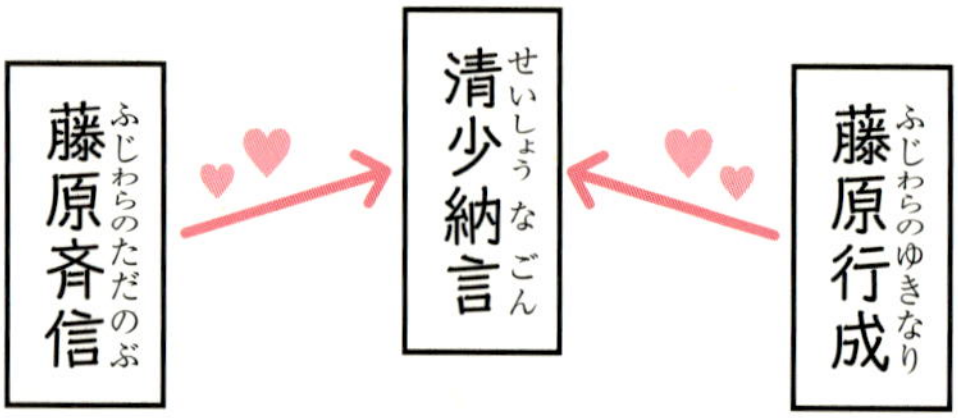

斉信は、本書の 9 話、17 話に登場します。
行成は、本書の 18 話に登場します。

意訳で楽しむ

枕草子

第一段　春は曙

1

心きらめく日本の四季。本当の美しさに、気づいていますか？

私は、皇后定子《ていし》さまにお仕えしています。

定子《ていし》さまは、女房《にょうぼう》（秘書役のスタッフ）の私たちと、ユーモアと知的センスを磨《みが》くことを楽しみにしておられました。

ある日、定子《ていし》さまから、こんな問いかけがあったのです。

「春、夏、秋、冬、それぞれの季節の中で、何がいちばん好きですか——」

型にはまった、平凡《へいぼん》な答えでは、合格点をもらえません。

私は、こう答えました。

「春」は、あけぼの。

日の出前が好き。

真っ暗な空が、だんだん白んできて、黒い山と夜空の境が、ちょっと明るくなり始めると、心がときめくのです。

細くたなびく、紫《むらさき》がかった雲が、少しずつ赤く染まっていく光景は、とても美しく、新たな一日の始まりを勇気づけてくれます。

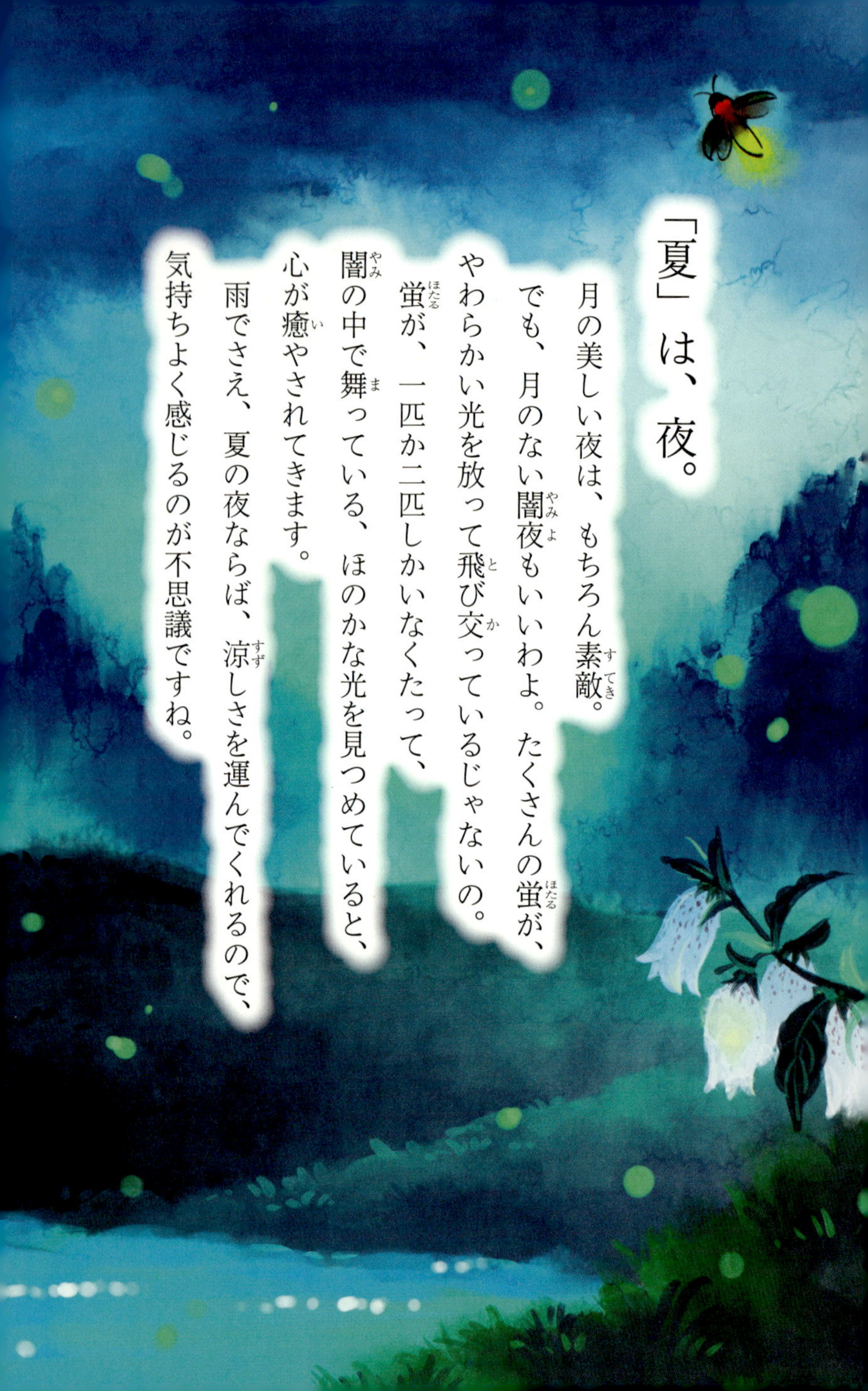

「夏」は、夜。

月の美しい夜は、もちろん素敵《すてき》。

でも、月のない闇夜《やみよ》もいいわよ。たくさんの蛍《ほたる》が、やわらかい光を放って飛《と》び交《か》っているじゃないの。

蛍《ほたる》が、一匹か二匹しかいなくたって、闇《やみ》の中で舞《ま》っている、ほのかな光を見つめていると、心が癒《い》やされてきます。

雨でさえ、夏の夜ならば、涼《すず》しさを運んでくれるので、気持ちよく感じるのが不思議ですね。

「秋」は、夕暮れ。

真《ま》っ赤《か》な夕日が、大空をだいだい色に染め、西の山に沈《しず》もうとしています。

こんな時間に、黒い烏《からす》が、あちらに三羽、四羽、こちらにも二羽、三羽と、急いで巣へ帰ろうと飛んでいるのを見てさえ、心にしみるものがあります。まして美しい雁《かり》が、「く」の字に隊列を組んで飛び、空のかなたへ小さく消えていくと、ますます、夕暮れ時の寂《さび》しさが込《こ》み上《あ》げてきます。

太陽が沈《しず》んでから聞こえてくる風の音、虫の声に、秋の風情《ふぜい》を感じるのはいうまでもありません。

「冬」は、早朝。

ぴーんと張《は》り詰《つ》めた寒さがいい。

雪が降った日は、いうまでもありません。霜《しも》が降りた日も、そうでなくても、とにかく厳しい寒さの中、朝早くから大急ぎで火をおこし、真《ま》っ赤《か》に燃えた炭を、あちこちの部屋《へや》へ持っていくのは、いかにも冬らしくて、いいですね。

でも、昼になって寒さが緩《ゆる》んでくると、パチパチ音を立てるくらい真《ま》っ赤《か》だった炭が、白い灰をかぶっています。そんな火鉢《ひばち》を見ると、「ああ、変わり果てた姿だこと……」と、ちょっと儚《はかな》い思いがわいてきます。

原文

春《はる》は曙《あけぼの》。ようよう白《しろ》くなり行《ゆく》、やまぎわすこしあかりて、むらさきだちたる雲《くも》のほそくたなびきたる。

夏《なつ》はよる。月《つき》のころはさら也《なり》、闇《やみ》もなお、ほたるの多《おお》くとびちがいたる。又《また》、ただ一二《ひとつふたつ》など、ほのかにうちひかりて行《ゆく》もおかし。雨《あめ》などふるも、おかし。

秋《あき》は夕暮《ゆうぐれ》。夕日《ゆうひ》のさして山《やま》のはいとちこうなりたるに、からすの寝所《ねどころ》へ行《ゆく》とて、三四《みつよつ》、二《ふたつ》みつなど、とびいそぐさえあわれなり。まいて雁《かり》などのつらねたるが、いとちいさくみゆるは、いとおかし。日入《ひいり》はてて、風《かぜ》の音《おと》むしの音《ね》などいとあわれなり。

冬《ふゆ》はつとめて。雪《ゆき》のふりたるはいうべきにあらず。霜《しも》のいとしろきも、またさらでも、いと寒《さむ》きに、火《ひ》などいそぎおこして、炭《すみ》もてわたるもいとつきづきし。昼《ひる》になりて、ぬるくゆるびもていけば、火桶《ひおけ》の火《ひ》もしろき灰《はい》がちになりて、わろし。（第一段）

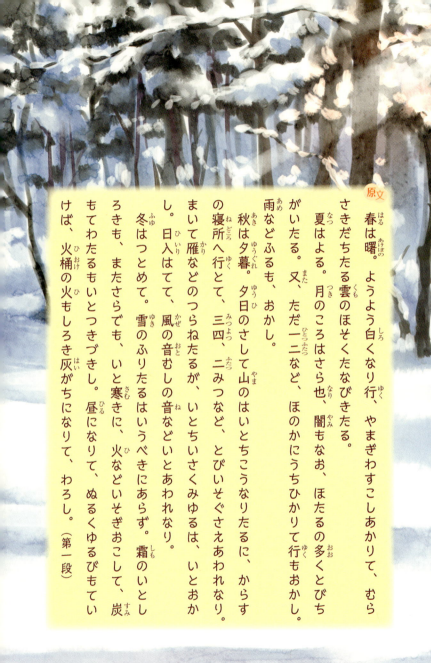

2

へらへら言い訳する男には、さりげなく、知恵の剣で斬り返そう

第五段　大進生昌が家に

皇后定子《ていし》さまが、平生昌《たいらのなりまさ》様の屋敷《やしき》へ向かわれた時のことです。

予期せぬことが起きました。屋敷《やしき》の門の屋根が低くて、牛車《ぎっしゃ》が通れなかったのです。

ご丁寧《ていねい》にも、道路から玄関《げんかん》まで、筵《むしろ》が敷《し》いてありました。

「車を降りて、この上をお歩きください」という、突然《とつぜん》の要求です。

とんでもないことです。

だって、私たちは、車に乗ったまま玄関《げんかん》へ入れると思っていたんです。だから、男の人に見られる心配はないと思って、髪《かみ》も乱れたまま、お化粧《けしょう》もせずに来たんですから。

それなのに、定子《ていし》さまご一行を迎《むか》えようと、門の周りに、男の人がたくさん立っているではありませんか。

怒《おこ》ってもしかたがないので、恥《は》ずかしさを我慢《がまん》して、私たちは、歩いて屋《や》敷《しき》の中へ入りました。

御輿《みこし》に乗って、先に屋敷《やしき》に入られた定子《ていし》さまに、私たちが乗った車が門を通れなかったことをお話しすると、

「この部屋《へや》にいたって、誰《だれ》に見られるか分かりませんよ。どうして、そんなに気を抜《ぬ》いていたの？」

と、笑われるのでした。

「それにしても、車の入らない門なんて、おかしいわ。この家の主人が来たら、笑ってやりましょう」

と皆《みな》で騒《さわ》いでいると、ちょうど、家主の生昌《なりまさ》様が挨拶《あいさつ》に来たのです。

私は、ここぞとばかり、

「あなたは、どうして、家の門を、あんなに低く造ったのですか」

と聞きました。

生昌《なりまさ》様は、笑いながら、

「門の高さは、わが家の大きさ、身分の高さに合わせております」

と言い訳をします。

すかさず、

「でも、門だけを特別に高く造った人もありましたよね」

と切り返すと、生昌《なりまさ》様は、

「これは、恐《おそ》れ入《い》りました」

と、顔色を変えて驚《おどろ》いていました。

生昌《なりまさ》様は、続けます。

「それは、中国の故事でございましょう。『漢書《かんじょ》』に、于公《うこう》という人が、『この家から必ず立派な人物が出る』と言って、貴人が乗る大きな馬車が出入りできるように、高い門を造ったと記されています。しかも、彼の言葉どおりに、息子《むすこ》が一国の宰相《さいしょう》に出世したのでした。こういうことは、相当、勉強した人でなければ知らないことです。いや、驚《おどろ》きました。これ以上、ここにいると、何を言われるか分かりませんので……」

と言って、生昌《なりまさ》様は、ほうほうのていで下がっていきました。

定子《ていし》さまから、

「どうしたの？　生昌《なりまさ》が、ひどく怖《こわ》がっていたようね」

と聞かれたので、

「いいえ。車が門に入らなかったことを、少し言っただけなのですが……」

とお答えして、私も退出しました。

数日後、ちょうど忙《いそが》しい時に、生昌様《なりまさ》から、

「急用です。清少納言《せいしょうなごん》にお話ししたいことがあります」

と連絡《れんらく》がありました。

定子《ていし》さまは、

「また、どんなことを言って、あなたに笑われるつもりかしら。さあ、行ってらっしゃい」

と押《お》し出《だ》してくださいます。

生昌様《なりまさ》に会ってみると、

「先夜の、門のことを、兄の中納言《ちゅうなごん》に話しましたところ、あなたの学識に、ひどく感心し、『ぜひ、一度、お目にかかって、いろいろとお話を伺《うかが》いたい』と申しておりました」

と言うだけでした。他の用件は、何もなかったのです。

定子《ていし》さまの元へ帰ると、

「いったい、何の話だったの」

と尋《たず》ねられるので、生昌《なりまさ》様が言ったことを、そのままご報告しました。

そばで聞いていた女房《にょうぼう》たちが、

「まあ、たったそれだけ。急用だと言って、わざわざ呼び出してまで伝える内容かしら」

と笑っています。

すると、定子《ていし》さまは、

「生昌《なりまさ》は、自分が尊敬している兄が、清少納言《せいしょうなごん》を褒《ほ》めたので、うれしかったのですよ。兄の言葉を、少しでも早く伝えたら、あなたが喜ぶと思ったのです。優《やさ》しい心遣《こころづか》いではないですか」

とおっしゃいました。

皆《みな》がばかにしている生昌《なりまさ》様を、温かく見つめておられる定子《ていし》さまは、本当に素晴《すば》らしい方だと思わずにおれません。

3

第六段　うえにさむらう御ねこは

この犬を笑えますか。
まるで人間の栄枯盛衰、
そのままよ

内裏《だいり》には、とてもかわいい猫《ねこ》がいました。

この猫《ねこ》には、「五位」の位が授《さず》けられ、昇殿《しょうでん》が許されていました。

名前を「命婦《みょうぶ》のおとど」といいます。「おとど」とは、婦人につける敬称《けいしょう》です。帝《みかど》の寵愛《ちょうあい》が、いかに深いかが分かります。

ある日、命婦《みょうぶ》のおとどが、縁側《えんがわ》に出て眠《ねむ》っていました。

猫《ねこ》のお守《も》り役《やく》が、

「まあ、お行儀《ぎょうぎ》の悪いこと。位の高いご婦人が、こんな所でお休みになってはいけません。さあ、中へ、お入りくださいませ」

と言っても、全く動く気配がありません。温かい日差しを浴びて、気持ちよさそうに眠《ねむ》っています。

無視されたお守《も》り役《やく》は、

「ちょっとだけ、驚《おどろ》かせてやれ」

と思いました。

御所《ごしょ》で飼われている「翁丸《おきなまろ》」という犬を連れてきて、

「命婦《みょうぶ》のおとどに、かみつきなさい」

と言ったのです。

翁丸《おきなまろ》は、命令に忠実に従う老犬でした。ばかがつくほど正直なので、本気で、猫《ねこ》に襲《おそ》いかかったからたまりません。

仰天《ぎょうてん》した命婦《みょうぶ》のおとどは、近くの部屋《へや》で朝食を取っていた帝《みかど》の懐《ふところ》へ飛《と》び込《こ》んでいったのです。

帝《みかど》の怒《いか》りは、激しいものでした。

「翁丸《おきなまろ》を懲《こ》らしめて、犬島へ流してしまえ。今すぐにだ！」

厳命が下りました。

淀川《よどがわ》の中州《なかす》の島を「犬島」といい、罪を犯《おか》した犬の流刑地《るけいち》になっていたのです。

警備の武者たちが、犬を捕《と》らえようと大騒《おおさわ》ぎとなり、翁丸《おきなまろ》は御所《ごしょ》から追放されてしまいました。

事件を目撃《もくげき》した女房《にょうぼう》たちは、皆《みな》、こう、嘆《なげ》いていました。

「ああ、かわいそうな翁丸《おきなまろ》。いつも、自信満々で、あんなにいばっていたの

に、突然《とつぜん》、こんなことになるなんて、信じられない……」
「つい先日の、桃《もも》の節句は、翁丸《おきなまろ》の晴《は》れ舞台《ぶたい》だったわ。翁丸《おきなまろ》が、頭に柳《やなぎ》の枝で作った冠《かんむり》を載《の》せてもらい、美しく着《き》飾《かざ》って、堂々と御所《ごしょ》を歩いていた姿を、今でもハッキリ覚えています。翁丸《おきなまろ》だって、間もなく、こんなひどい目に遭《あ》うとは、夢にも思っていなかったでしょうね……」
「定子《ていし》さまがお食事の時には、翁丸《おきなまろ》は、いつも庭に控《ひか》えて、お下がりを待っていました。あの食《く》いしん坊《ぼう》の姿が見えなくなって、寂《さび》しいですね」

私たちが、いくら哀《あわ》れんでも、どうしようもないことでした。

それから、三、四日たってからのことです。

昼頃《ひるごろ》に、激しい犬の鳴き声が聞こえてきました。いつまでたってもやみません。

「何があったのかしら……」

じっと聞き耳を立てていると、あちこちの犬が、鳴き声のする方へ一斉《いっせい》に駆《か》けていきます。

間もなく、人が来て、こう告げるのです。

「大変です！　流刑《るけい》になった犬が戻《もど》ってきたのです。警備の男が、二人がかりで、『よくも帰ってきたな』と言って打ちのめしています。このままでは、死んでしまいます！」

かわいそうに、あの鳴き声は、翁丸《おきなまろ》だったのです。

人を走らせて、

「翁丸《おきなまろ》を打つのは、もう、やめなさい」

と伝えると、ようやく鳴き声はしなくなりました。

でも、使いの者から、

「間に合いませんでした。翁丸《おきなまろ》は、死んでしまったので、門の外へ捨てたそうです」

と報告があったのです。

こんな、むごいことが、あっていいものでしょうか。

その日の夕方、ぶるぶると震《ふる》えながら、うろついている犬を見つけました。

顔も体もはれ上がり、悲しく、つらそうな姿をしています。

私が、

「あら、翁丸《おきなまろ》じゃないかしら」

と、つぶやくと、そばにいた女房《にょうぼう》が、

「翁丸《おきなまろ》や」

と呼んでみました。

犬は、知らん顔をして、何も反応しません。

私たちが、

「あれは、翁丸《おきなまろ》よ」

「いいえ、違《ちが》うわ」

と、口々に言い合っていました。

するとと、定子《ていし》さまが、

「帝《みかど》に仕えている右近《うこん》（女房《にょうぼう》の一人）ならば、翁丸《おきなまろ》のことを、よく知っているはずです。急用だと言って、ここへ呼びなさい」

と指示されました。

駆《か》けつけてきた右近《うこん》に、定子《ていし》さまは、

「この犬は、翁丸《おきなまろ》か」

と、心配そうに尋《たず》ねられます。

右近《うこん》は、うずくまっている犬を、よくよく見て、こう答えました。

「はい、よく似てはおりますが、この犬は、あまりにも醜《みにく》く、気味が悪いほどです。翁丸《おきなまろ》ならば、名前を呼べば、しっぽを振《ふ》って、飛んでくるはずです。この犬は、『翁丸《おきなまろ》よ』と言っても、こちらへ寄ろうともしません。どうも、違《ちが》うようです。警備の者は、『翁丸《おきなまろ》を打ち殺して捨てた』と言っています。あんな屈強《くっきょう》な男たちが、二人がかりで打ったのでは、どうして生きておれるでしょうか」

定子《ていし》さまは、ますます悲しい顔をされてしまいました。

日が暮れてから、この哀《あわ》れな犬に、食べ物を与《あた》えてみました。

でも、少しも食べようとしないのです。

「翁丸《おきなまろ》ならば、食《く》いしん坊《ぼう》のはずよ」

「いつも、定子《ていし》さまのお下がりを、ガツガツ食べていたんだから」

私たちは、

「やっぱり、この犬は、翁丸《おきなまろ》ではないんだわ」

と結論を出して、休むことにしました。

翌朝、定子《ていし》さまがお化粧《けしょう》をされる時のことです。

私は、鏡を持って、おそばに仕えていました。

ふと、庭に目をやると、柱の下《もと》に、昨日の哀《あわ》れな犬がうずくまっていました。私は、思わず、こうつぶやいたのです。

「男たちが、翁丸《おきなまろ》を、ひどく打ったの

ね。かわいそうに……。

翁丸《おきなまろ》は、死んでしまったそうだけど、本当に、かわいそう……。

死んだ翁丸《おきなまろ》は、次の世で、何に生まれ変わっているのでしょう。打たれて死んでいく時は、どんなに痛くて、つらかったでしょうね……」

するると、うずくまって聞いていた犬が、目にいっぱい、涙《なみだ》をためているではありませんか。体をぶるぶる震《ふる》わせて、大粒《おおつぶ》の涙《なみだ》を、ぽたぽたと流しています。もうびっくりしてしまいました。

この犬は、翁丸《おきなまろ》に違《ちが》いありません。夕べは、自分が翁丸《おきなまろ》だと知れると、また、ひどい目に遭《あ》うと思って、知らぬふりをして、耐《た》えていたのです。そう思うと、不憫《ふびん》でなりません。

私は、思わず鏡を置いて、

「おまえは、やっぱり翁丸《おきなまろ》なのね」

と声をかけました。

すると、ようやくほっとしたのか、翁丸《おきなまろ》は、甘《あま》えた声で、鳴きだしました。

定子《ていし》さまも、とても驚《おどろ》いて、笑顔《えがお》になられました。

そして、すぐに右近《うこん》を呼ばれ、

「やっぱり、昨日の犬は、翁丸《おきなまろ》だったのよ」

と説明されると、集まってきた女房《にょうぼう》たちも一緒《いっしょ》になって、大きな笑い声があふれました。

女房《にょうぼう》たちが、

「翁丸《おきなまろ》！」

「翁丸《おきなまろ》！」

と呼びかけると、昨日と違《ちが》って、声のする方へ顔を向けます。

しかし、翁丸《おきなまろ》は、まだ顔がはれて、痛々しい姿をしています。

私が、

「薬を塗《ぬ》って、手当てをしてやりたいわ」

と言うと、皆《みな》は、

「清少納言《せいしょうなごん》さん、とうとう、翁丸《おきなまろ》の正体を、見破ったわね」

と言って、また、どっと笑うのでした。

すると、警備の役人が、この話を聞きつけたらしく、

「翁丸《おきなまろ》が帰ってきたというのは、本当ですか。その犬を、一度、見せていただきたい」

と、申し入れてきたのです。

「そんな犬は、ここに、おりません」

と、使者に言わせると、再び、

「隠《かく》しても無駄《むだ》ですよ。そのうちに、見つけることになるでしょう。隠《かく》し通《とお》せるはずがありません」

と言ってくるではありませんか。なんと、恐《おそ》ろしいことでしょう。

間もなく、帝《みかど》のお許しが出て、翁丸《おきなまろ》の流罪《るざい》が解かれました。

彼は、元のように、晴れやかに、御所《ごしょ》を歩けるようになったのです。

それにしても、翁丸《おきなまろ》が、私の言葉を聞いて、身を震《ふる》わせて泣きだしたのには、本当に感動しました。生涯《しょうがい》、忘れることはないでしょう。人から、温かい言葉をかけられた時に泣いてしまうのは、人間だけだと思っていました。犬にも、心が通じるのですね。

4

第二五段　にくき物

嫌なことが多いですよね。こんなこと感じるのは、私だけかな

にくらしいもの。

急ぐ用事のある時にやってきて、長々と話を続ける人。

「また、後で来てね」と気軽に追い返せる人ならいいのですが、こちらが気を遣《つか》わなければならない人が来て、長居されると、「何て気の利《き》かない人なんだ」と、憎《にく》らしくなります。

これといって優《すぐ》れたところがないのに、にやにや笑いながら、何かを得意

げにしゃべる人。聞いているのが、とても不快ですね。

酒を飲んで大声でわめき、口の周りをなで、杯《さかずき》を他の人に勧《すす》めている人。無理やり「もっと飲め」と迫《せま》られた人は、よだれを垂らしながら断っています。立派で、身分の高い人が、こんなことをしているのを見てしまった時は、本当に嫌《いや》な思いがします。

他人のことは、何でも、羨《うらや》ましがり、

自分のことは、嘆《なげ》いて愚痴《ぐち》ばかりこぼしている人。

他人のことを、すぐ、あれこれ言い、ほんのちょっとのことでも知りたがり、聞きたがる人。こんな人は、尋《たず》ねられたことに答えないと、恨《うら》んだり、非難したりしてきます。

ほんの一部しか聞いていないことを、自分は、以前から知っていたかのように振《ふ》る舞《ま》い、足りないところは、うまくつじつまを合わせて、他人に話す人。

このような人は、嫌《いや》ですね。なるべく近づきたくありません。

引き戸を、乱暴に開け閉めする人がいると、とても腹が立ちます。心持ち戸を持ち上げるようにして横へ引けば、音がしないはずです。

眠《ねむ》くて横になったのに、一匹の蚊《か》が「ブーン」と寂《さび》しそうに名乗りをあげ、顔の周りを飛び回るのには参ります。それが、音だけでなく、あの小さな羽が起こす風までも肌《はだ》に感じるのが、まことに、憎《にく》らしいのです。

ギシギシと、きしむ音を立てて走る車に乗っている人。そんな車とすれ違《ちが》うと、乗っている人は、耳が聞こえないのだろうかと、憎《にく》らしく思います。

自分が乗せてもらった車が、きしむ

時も、嫌《いや》な思いがします。ふだんから、この車の手入れを怠《おこた》っている持ち主のことまで、憎《にく》らしくなります。

何か話をしていると、横から出しゃばってきて、自分一人でしゃべりまくる人がいます。出しゃばりは、大人でも、子供でも、とても憎《にく》らしいものです。

会いたくない人が来た時に、狸寝入《たぬきねい》りをしているのに、身近にいる人が、「何て寝坊《ねぼう》なやつだ」という顔をして、わざわざ揺《ゆ》り起《お》こしに来るなんて、本当に、憎《にく》らしい!

新人のくせに、先輩《せんぱい》を差しおいて、自分は何でも知っているかのような顔をして振《ふ》る舞《ま》い、人に物を教えるような言い方をしているのは、とても聞いておれるものではありません。

自分が交際している男が、これまでに関係のあった女のことを話題にして褒《ほ》めるのは、たとえ過去のことであっても、やはり、嫌《いや》な思いがします。ましてて、今も関係している女のことであったら、それこそ、どんなに、憎《にく》らしいことでしょうか。

でも、場合によっては、それほど思わないこともありますけどね……。

5

第三〇段　説経の講師は顔よき

不謹慎かもしれませんが、
やはり、説教の講師は
美男子がいい！

説教する講師は、美しい顔立ちの男がいい。講師の顔から目をそらさずに、仏の教えを、真剣《しんけん》に聞くことができるからです。

好感の持てない人、身だしなみの悪い講師の顔は、じっと見つめたくないので、ついつい、よそ見をしてしまいます。その結果、法話の前後がつながらなくなり、何のために、お寺へ聴聞《ちょうもん》に来たのか、分からなくなります。

いやいや、講師の顔がいいとか、悪いとかは、もう書かないようにします。

聖徳太子《しょうとくたいし》は、「**篤《あつ》く三宝《さんぼう》を敬《うやま》え、三宝《さんぼう》とは仏《ほとけ》・法《のり》・僧《ほうし》なり**」と教えられました。その三つめの宝である「僧《そう》」を外見で批評するのは、仏法をそしる罪になるでしょう。その報《むく》いが、恐《おそ》ろしくなってきました。

6

第三一段　菩提という寺に

「寂しいから、早く帰ってきて」。
そんなこと、
今は、無理ですよ

東山《ひがしやま》の阿弥陀ケ峰《あみだがみね》のお寺で、尊いご法話が開催《かいさい》されるので参詣《さんけい》した時のことです。

せっかく真剣《しんけん》に聴《き》かせていただこうと思っていたのに、ある人から、「早く帰ってきてほしい。とても寂《さび》しいから」と、使いが来たのです。

そこで、蓮《はす》の花びらに、こんな歌を書いて届けさせました。

求《もと》めてもかかる蓮《はちす》の露《つゆ》をおきて
憂《う》き世《よ》にまたは帰《かえ》るものかは

仏法を聞かせていただくご縁《えん》には、自分から望んでも、めったにあうことができません。そんな尊いご法話に参詣《さんけい》しているのに、どうして、すぐに帰れましょうか。帰れるはずがありません。

その日の説教が、あまりにもありがたく、感動したので、そのまま寺に泊《と》まって、翌日も聴聞《ちょうもん》しようかと思ったほどでした。家で、じれったい思いで、私を待っている人のことなんか、忘れてしまいそうでした。

7

第六八段　たとしえなきもの

人間なんて、
心変わりすると、
全く別人になるんですよ

あまりにも違《ちが》いすぎて、比べようのないもの。


夏と、冬と。

夜と、昼と。

雨の日と、晴れの日と。

人が笑っている時と、腹を立てている時と。

年老いた人と、若い人と。

白い色と、黒い色と。

自分が思いを寄せている人と、自分が憎《にく》んでいる人と。

同じ人なのに、自分に愛情を持ってくれていた時と、心変わりしてしまった時とでは、全く別人のようにしか思えません。

8

第七二段　ありがたきもの

「こうありたい」「こうなりたい」と、皆が望むものは、どこにもないものばかり

めったにないもの。

舅《しゅうと》に、褒《ほ》められる婿《むこ》どの。

姑《しゅうとめ》に、かわいがられるお嫁《よめ》さん。

主人の悪口を言わない従者。

悪い癖《くせ》が、少しもない人。

顔も姿も、人間性もよくて、少しの欠点もない人。

このような人は、どこにもいません。

同じ所に住んでいる人や、働いている人が、周りの人に自分の欠点を見せないように気を張っていても、最後まで隠《かく》し通《とお》せることは、めったにないのです。いつまでも仲良くしようと誓《ちか》った間柄《あいだがら》でも、男と女はいうまでもなく、女同士であっても、続くことは、めったにありません。

9

第七八段　頭中将の、すずろなるそらごとを聞きて

事実無根のウワサが広がって、「あんなやつとは知らなかった」と非難されたら、どうしますか

親しい友人が、急に私を嫌《きら》って、

「あんなやつとは知らなかった。絶交だ！」

と言《い》い触《ふ》らしているようです。

その人は、帝《みかど》の側近で、「頭中将《とうのちゅうじょう》」という要職にある藤原斉信《ふじわらのただのぶ》様です。何か、私を非難するウワサを聞いたのでしょう。

私は、

「それが事実ならば、しかたありません。でも、まるっきりデタラメなんだから、気にしないことにしています。そのうちに、斉信《ただのぶ》様も、分かってくださるでしょう」

と笑っていました。

ところが、斉信《ただのぶ》様が私を嫌《きら》う態度は、徹底《てってい》していたのです。

御所《ごしょ》の廊下《ろうか》で私の声を聞くと、袖《そで》で、さっと自分の顔を隠《かく》し、わざと私を見ないようにして通り過ぎていきます。

「そうですか。いいですとも。そこまで憎《にく》んでいらっしゃるなら、私も一切《いっさい》、弁解しませんからね！」

しばらくたってからのこと。

ひどい雨が降っている日でした。

夜になって、女房《にょうぼう》たちと一緒《いっしょ》に、火鉢《ひばち》のそばで話をしていると、ふいに使いの者が来て、私の名を呼びます。

何事かと思って出てみると、

「頭中将《とうのちゅうじょう》（斉信《ただのぶ》）様からのお手紙です。今すぐ、ご返事を頂きたい」

と言うではありませんか。

斉信《ただのぶ》様は、ひどく私を憎《にく》んでいるくせに、今さら、何の手紙だろうと思いましたが、すぐ読むわけにもいかないので、

「後で返事を書きます」

と伝えさせました。

ところが、私が、部屋《へや》に戻《もど》って、女房《にょうぼう》たちと話をしていると、先ほどの使

者が戻《もど》ってきて、

「頭中将《とうのちゅうじょう》（斉信《ただのぶ》）様が、『すぐに返事をもらえないならば、手紙を返してもらってこい』とおっしゃっています。さあ、早くご返事を！」

と催促《さいそく》するではありませんか。

あまりにも急です。何が書いてあるのだろう……と、ちょっとドキドキして手紙を開きましたが、期待していた内容ではありませんでした。

青くて美しい紙に、

「**蘭省花時錦帳下**　さて、この次の句は何か」

と書かれています。

これは、中国の白楽天《はくらくてん》が、旧友に宛《あ》てて、

「君たちは、都で楽しく過ごしているんだろうな。私は、遠く離《はな》れた土地の草庵《そうあん》で、独り寂《さび》しく、夜の雨を眺《なが》めているよ」

と詠《よ》んだ詩の一部です。

もし、私が、

「次の句は『**廬山雨夜草庵中**』です」

と、原文どおりに返事を出すと、おそらく、斉信《ただのぶ》様は、

「ほら、清少納言《せいしょうなごん》は、知ったかぶって、漢字を並べてきたぞ」

と皮肉を言うでしょうね。

そこで、有名な連歌《れんが》の一句、

「**草《くさ》の庵《いお》りをたれかたずねん**」

を、そのまま借りることにしました。この時の白楽天《はくらくてん》の心境を詠《よ》んだ歌なので、文句は言えないはずです。

私は、斉信《ただのぶ》様から届いた手紙の余白に、この一句を書《か》き込《こ》んで、使者に渡《わた》しました。

明くる朝、斉信《ただのぶ》様の友人が、わざわざ私を訪ねてきて、びっくりすることを教えてくださったのです。

「実は、昨晩、頭中将《とうのちゅうじょう》（斉信《ただのぶ》）が、我々に、『清少納言《せいしょうなごん》は、憎《にく》らしい女だけれども、絶交すると、何となく寂《さび》しくて、ものたりない気がする。彼女から何か言ってくるだろうと期待していたのに、何もない。そしらぬ顔をしているのが、まことに憎《にく》らしい。今夜、決着をつけようと思うが、どうだろう』と相談を持ちかけてきたのです。

そこで、皆《みな》で考えて、

『**蘭省花時錦帳下**　この次の句は何か』

という質問を、清少納言《せいしょうなごん》に投げかけて、おかしな返事が来たら、本当に絶交しようと決めたのでした。

ところが、あなたから届いた返事を、頭中将《とうのちゅうじょう》（斉信《ただのぶ》）が開いてすぐ、

『ああ、やられた！　さすが、清少納言《せいしょうなごん》だ！』

と、大声をあげたのです。

我々は、

『どうした！　いったい、何が書かれているんだ』

と、駆《か》け寄《よ》って見て、やはり絶句してしまいました。

『お見事！　彼女の学識は本物だ。漢文ではなく、女性らしく和歌で答えた機転は素晴《すば》らしい。やはり絶交してはいけないよ』

と言って、一晩中、皆《みな》で騒《さわ》いでいたんです」

身分の高い男性が、大勢集まって、そんなことを話し合っていたとは知ら

なかったので、冷《ひ》や汗《あせ》をかきました。

そのうち、皇后定子《ていし》さまから、お呼び出しがあり、

「帝《みかど》から、お聞きしましたよ。昨晩の、そなたの機転に感心した人たちは、皆《みな》、扇《おうぎ》に、『**草《くさ》の庵《いお》りをたれかたずねん**』と書いているそうよ」

と笑ってお話がありました。

もう、そんなに知れわたっているのか……と、恥《は》ずかしくなりました。

その後、斉信《ただのぶ》様は、私への誤解も、怒《いか》りも解けたようで、袖《そで》で衝立《ついたて》を作ることもなく、にこやかに話をしてくださるようになったのです。

10

気まずくて、
いたたまれない思いがすること、
結構ありますよね

第九二段　かたはらいたき物

いたたまれない思いのするもの。

お客さんに応対している時に、この客に聞かせたくない家族の会話が、家の奥《おく》から聞こえてくると、いたたまれない思いがします。奥《おく》へ止めに行くこともできず、気まずい思いをしながら聞いているしかありません。

自分の好きな人が、ひどく酔《よ》って、同じことを、何度も繰《く》り返《かえ》し話すのを聞いている時。

本人がいることを知らないで、その人の悪口を言ってしまった時は、とても、いたたまれない思いがします。

11

第九八段　中納言まいり給て

誰も見たことのない「素晴らしい骨」って、何でしょうか

皇后定子《ていし》さまのところへ、弟の藤原隆家《ふじわらのたかいえ》様がお越《こ》しになって、こうおっしゃいました。

「隆家《たかいえ》は、素晴《すば》らしい扇《おうぎ》の骨を手に入れました。その骨に紙を張って、姉上に差し上げようと思っています。しかし、並大抵《なみたいてい》の紙では、とても釣《つ》り合《あ》わないので、よい紙を探しているところです」

定子《ていし》さまも、ほほえんで、

「それは、いったい、どんな骨なの？」

と尋《たず》ねられました。

「何から何まで、素晴《すば》らしいのです。人々も、『今まで、見たこともない扇《おうぎ》の骨だ』と言います。本当に、私も、これほどの骨は、見たことがありません」

隆家様《たかいえ》が、一段と声を大きくして、自慢《じまん》されるので、そばから私がしゃし

やり出て、

「そんな誰《だれ》も見たことのない、珍《めずら》しい骨でしたら、扇《おうぎ》の骨ではなくて、きっと、海月《くらげ》の骨じゃないでしょうか」

と言ってしまいました。

隆家《たかいえ》様は、

「これは参った！ 実に、面白《おもしろ》い。その言葉は、私が言ったことにしてしまおう」

と、大笑いされました。

かいせつ

海に漂《ただよ》う海月《くらげ》には骨がありません。「海月《くらげ》の骨」は、非常に珍《めずら》しいこと、ありえないことの例えとして、ことわざのように使われていました。それを清少納言《せいしょうなごん》が、洒落《しゃれ》として、うまく使ったので大受けしたのです。当時は、海月《くらげ》を塩漬《しおづ》けにして食べていたようです。

12

第一一二段　絵にかきおとりする物

桜の花は、絵よりも、実物が美しい。
松の木は、実物よりも、
絵が素晴らしい

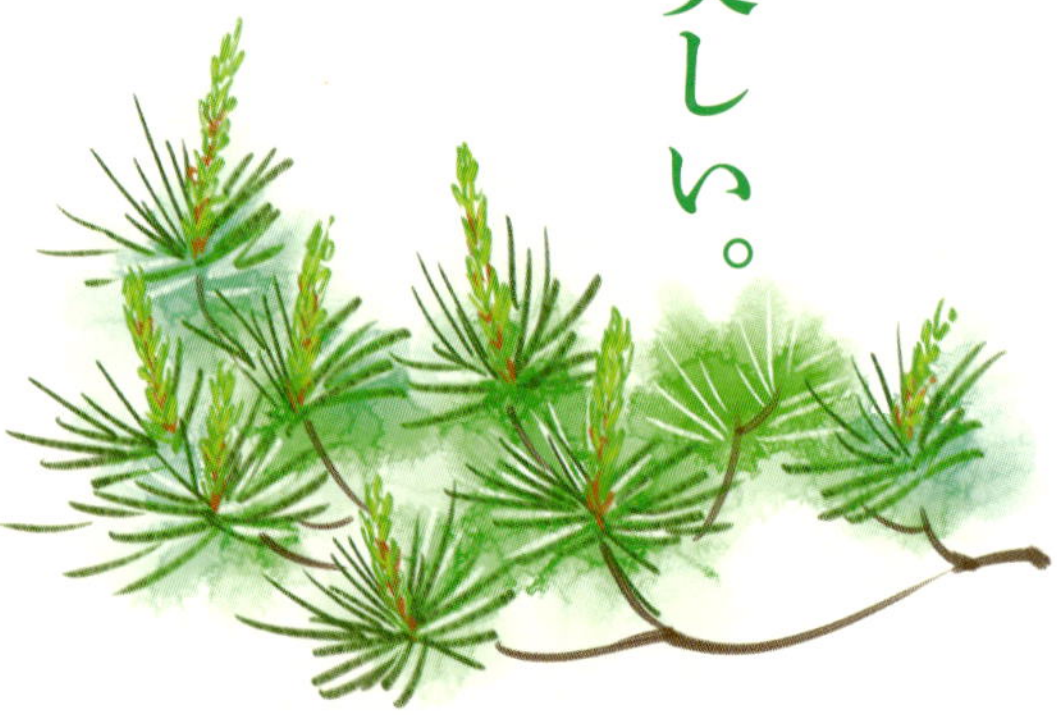

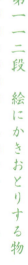

絵に描《か》くと、実物よりも見劣《みおと》りがするもの。

撫子《なでしこ》。菖蒲《しょうぶ》。桜。

物語に登場する素敵《すてき》な男や女の容姿。どんな絵師が描《えが》いても、書物を読んで感動し、思《おも》い描《えが》いた印象よりも劣《おと》ってしまうものです。

絵に描《か》いたほうが、素晴《すば》らしく見えるもの。

松の木。秋の野。山里。山路。

13

冬は、冬らしく。
夏は、夏らしく

第一一三段　冬はいみじゅう寒き

冬は、冬らしく、
うんと寒いのがいい。
夏は、夏らしく、
たまらないほど暑いのがいい。

第一一九段　はずかしきもの

14

恥ずかしいと思いませんか。
女は、他人のウワサ話と
悪口ばかり。
男は、女をもてあそんでばかり

若い女房《にょうぼう》たちが、宮中の詰所《つめしょ》に集まると、周りに気も遣《つか》わずに、他人のウワサ話をして笑ったり、悪口を言って憎《にく》んだりしています。

先輩《せんぱい》の女房《にょうぼう》が、「まあ、何てことを」「騒々《そうぞう》しいわよ」と本気で叱《しか》っても、全く聞き入れません。彼女らは、さんざん、しゃべり散らしたあげく、だらしなく眠《ねむ》ってしまうのです。

実は、女房《にょうぼう》の詰所《つめしょ》の隣《となり》は、夜通しで加持祈祷《かじきとう》をする僧侶《そうりょ》の控《ひか》え室《しつ》になっています。会話は、筒抜《つつぬ》けなのです。彼らは、どんな気持ちで、静かに、じっと聞いているのでしょうか。

表面を取《と》り繕《つくろ》っている女房《にょうぼう》たちの本性《ほんしょう》を見透《みす》かされたようで、とても気が引けるのです。

男というものは、女に対して「理想とは違《ちが》うな。気に入らないところがあるな」と思っても、面と向かって、そんなことは言いません。女を持ち上げて、機嫌《きげん》をとって、自分を頼《たよ》りにして生きるように誘導《ゆうどう》していきます。

普通《ふつう》の男でもそうですから、愛情が深く、世間でも評判な男ならば、「これはお世辞だろう」とか、「薄情《はくじょう》な人だな」という思いを、夢にも女に感じさせるような扱《あつか》いはしないのです。

そして、「誰《だれ》よりも、おまえを愛しているよ」と信じさせながら、あちらの女にも、こちらの女にも、同時に、心が向いているのが、男というものです。

だから私は、少しぐらい愛情を感じる人に巡《めぐ》り会《あ》っても、「気まぐれな男だろうな」と思えてきて、それほど気を遣《つか》うことはありません。

男は、口先だけです。最後まで女に尽《つ》くすことはありません。いじらしくて、気の毒な女であっても、簡単に捨ててしまうのです。「いったい、どういう神経なんだ！」と、あきれてしまいます。

そのくせ、他の男が女を捨てると、「最後まで責任を持て」と、ご立派なことを並べて、非難ばかりしているのです。

15

第一二二段　はしたなきもの

他人が呼ばれたのに、勘違いして自分が出ていくと、気まずいですよね

ばつの悪いもの。

他の人が呼ばれたのに、自分のことだと勘違《かんちが》いして、出ていった時。それが、何か、物をもらえる時だったら、なおさら気まずい思いをします。

どこかで他人の悪口を言ったことを、幼い子供が聞いて覚えていて、その人の前で、その悪口を言い出してしまった時。

悲しい話を聞いて、思わず泣いてしまうのが当たり前の時に、「そうですね。本当に悲しいですね」と口では言いながら、涙《なみだ》が全く出てこないのは、本当に、間の悪い思いがします。わざと泣き顔を作って、暗い表情をするのですが、どうにもなりません。

そのくせ、素晴《すば》らしいことを見たり、聞いたりすると、自然と、涙《なみだ》が、後から後から出てきて困ることがあります。

16

第一二四段　九月ばかり、夜ひと夜

雨上がりの朝は、
菊の花にも、クモの巣にも、
新鮮な感動があります

九月のことです。

一晩中、降り続けた雨が、明け方にやみました。

朝日が、鮮《あざ》やかな光をさして昇《のぼ》り始《はじ》めます。

庭に咲《さ》く菊《きく》の花には、雨露《あめつゆ》が、あふれるほどついています。

光《ひか》り輝《かがや》く露《つゆ》を見ていると、昨晩の風雨がウソのようで、とても清々《すがすが》しい気持ちになります。

竹で編んだ垣根《かきね》などに張っているクモの巣には、雨だれが、大きな水玉に

なってついています。まるで、白い玉に糸を貫《つらぬ》き通《とお》したように見えて、とっても面白《おもしろ》いのです。

雨に濡《ぬ》れて、重そうにしゃがんでいた萩《はぎ》なども、太陽が少し高くなって、露《つゆ》が落ちるたびに、人が手を触《ふ》れないのに、枝が揺《ゆ》れ動《うご》いて、すっと跳《は》ね上《あ》がるのが、とても面白《おもしろ》いのです。

でも、こんなことが、他の人には、少しも面白《おもしろ》くないだろうな、と思え、それがまた、面白《おもしろ》く感じるのです。

原文

九月《ながつき》ばかり、夜《よ》ひと夜《よ》ふりあかしつる雨《あめ》の、けさはやみて、朝日《あさひ》いとけざやかにさし出《いで》たるに、前栽《せんざい》の露《つゆ》は、こぼるばかりぬれかかりたるも、いとおかし。（第一二四段）

17

第一二八段　故殿の御ために、月ごとの十日

「このまま、ただ、私を好きでいてください」。プロポーズへの清少納言の返事

皇后定子《ていし》さまが、亡《な》きお父様の法事を営まれた時のことです。
「この世の、全てのものは移り変わっていく」と説く講師の法話が、しみじみと心を打ちました。無常など感じたことのない若い女房《にょうぼう》たちまで、皆《みな》、涙《なみだ》を流していました。

法事が終わって、参会者で酒を飲んでいる時に、帝《みかど》の側近「頭中将《とうのちゅうじょう》」の職にある藤原斉信《ふじわらのただのぶ》様が、

「花は、春が来ると、また咲《さ》き誇《ほこ》る。
しかし、花を楽しんでいた人は、もう帰ってこない。
月は、秋が来ると、また光《ひか》り輝《かがや》く。
しかし、月を愛していた人は、どこに行ってしまったのか……」

という意味の有名な詩を、朗々と歌われたのです。ただ声がいいというだけでなく、詩の内容が、心に響《ひび》き、体が震《ふる》えるほど感動しました。

斉信《ただのぶ》様は、どうしてこんなに、その場にピッタリな詩句を、すぐに思い出すことができたのでしょうか。

この感激を定子《ていし》さまに伝えたいと思って、人をかきわけて奥《おく》へ進みました。

すると、定子《ていし》さまから先に、

「素晴《すば》らしかったたね。まるで、今日の法事のために作った詩みたいだったね」

と言われるではありませんか。

「はい、そのことを申し上げたくて、ここへ参りました。本当に素晴《すば》らしくて、素晴《すば》らしくて、たまらない思いがします」

喜ぶ私に、定子《ていし》さまは、

「あなたは、斉信《ただのぶ》と親しいから、誰《だれ》よりも、そう感じるんだろうね」

と言われます。

定子《ていし》さまは、私たちの関係をお見抜《みぬ》きだったのです。

斉信《ただのぶ》様と私は、一時、絶交状態になっていました。私に関する根も葉もないウワサが原因でした。でも、誤解が解けてからは、より深い愛情が芽生えていたのです。

実は私は、斉信《ただのぶ》様から何度も、こう迫《せま》られたことがあります。

「どうして私と、夫婦《ふうふ》の契《ちぎ》りを結んでくれないのか。あなたは、私のことを嫌《きら》いでないことは分かっている。それなのに、なぜ、もう一歩進んでくれないの？　納得できないんだよ。

長い間、親しくつきあってきたのに、このまま、よそよそしい関係で終わるのは、おかしいよ。もし、私の役職が変わったり、人事異動になったりして、ここに来られなくなったら、私は、あなたの何を思い出にしたらいいのだろう」

いつも、私は、こう答えていました。

「そのお気持ち、よく分かりますわ。夫婦《ふうふ》の契《ちぎ》りを結ぶのは難しくありません。でも、そうなってしまったら、あなたのことを、人前で、褒《ほ》めることができなくなるのです。それが、残念なのです。

深い関係になると、あなたを褒《ほ》めようとしても、気がとがめて、言葉が出なくなるのです。ですから、このまま、ただ、私を好きでいてくださいね」

「どうしてさ。深い仲になった相手を、世間の評判以上に、褒《ほ》めまくる人も、たくさんいるじゃないか」

「そんなこと、私には、できませんわ。私は、相手が男であれ、女であれ、身近な人をひいきにしたり、褒《ほ》めたりするのは、いやらしく感じるのです。

反対に、誰《だれ》かから、好きな人の悪口を言われて、かんかんに怒《おこ》ったりかばったりすると、自分がみじめに思えてくるのです」

ここまで勝手なことを言っている
私を、
「憎《にく》たらしいほどかわいい人だな」
と笑って、温かく見守ってくださる
斉信《ただのぶ》様は、やっぱり素敵《すてき》な方です。

18

第一二九段　頭弁の、職にまいり給て

恋の関所の番人は、だまされませんよ。しっかりしていますからね

帝《みかど》の側近であり、「頭弁《とうのべん》」の職にある藤原行成《ふじわらのゆきなり》様が、皇后定子《ていし》さまの住まいを訪ねてこられた時のことです。

応対した私と、つい話が弾《はず》み、夜が更《ふ》けてしまいました。

「ああ、いけない。明日は大事な任務があるので、丑《うし》の刻（午前二時）になる前に帰らないと……」

そう言って、行成《ゆきなり》様は、慌《あわ》てて出ていかれました。

翌朝早く、品のいい紙を使った手紙が届きました。

「夜を徹《てっ》して、お話をしたいと思っていたのですが、言い残したことがたくさんあるように思います。私は、鶏《にわとり》の鳴き声にせき立てられて、やむなく帰ったのですよ」

と、美しい文字で書かれています。行成《ゆきなり》様は、書の達人としても有名な方でした。

ちょっと気取った文面なので、私も、突《つ》っ込《こ》んでみたくなり、

「あれ！　あんな深夜に鶏《にわとり》が鳴きましたか。もしかして、あなたが聞いたのは、有名な孟嘗君《もうしょうくん》の鶏《にわとり》の声ですか」

と便りを出しました。

孟嘗君《もうしょうくん》とは、中国の戦国時代の政治家です。彼が秦《しん》の国へ使いに行った時に捕《と》らえられ、殺されそうになりましたが、なんとか脱出《だっしゅつ》し、夜中に国境の函谷関《かんこくかん》にたどり着いたのです。

しかし、この関所の番人は、「夜明けを告げる鶏《にわとり》が鳴くまで、門を開けない規則になっている」と言って通してくれません。背後には追っ手が迫《せま》っています。その時、部下の中の、物まね上手《じょうず》が「コケコッコー」とやったところ、本物の鶏《にわとり》が、次々に鳴きだしたのです。

その結果、朝が来たと、だまされた番人が関所を開けたので、孟嘗君《もうしょうくん》は、

函谷關

無事に逃《のが》れることができたのでした。

行成様《ゆきなり》から、また、すぐに返信がありました。

「さすがですね。『史記《しき》』に書かれている故事を、よくご存じですね。

しかし、孟嘗君《もうしょうくん》が函谷関《かんこくかん》の関所を開けて逃《のが》れたのは、中国のことです。

私と、あなたの間にあるのは、逢坂《おうさか》の関《せき》ですよ」

こんな思わせぶりな手紙に、どう返事を出したらいいでしょうか。

「逢坂《おうさか》の関《せき》」とは、愛し合う男と女が逢《あ》うところです。

恋《こい》の関所を開いて夫婦《ふうふ》の契《ちぎ》りを結びましょうという誘《さそ》いかしら。

危ない、危ない。

私は、こんな歌で返事を出しました。

「夜《よ》をこめて鳥《とり》のそらねははかるとも　世《よ》に逢坂《おうさか》の関《せき》はゆるさじ
心《こころ》かしこき関《せき》もり侍《はべ》り」

函谷関《かんこくかん》の番人は、鶏《にわとり》の物まねにだまされて門を開けました。

しかし、男と女の「逢坂《おうさか》の関《せき》」の番人は、だまされて通行を許すようなことは決してしてしまいませんよ。しっかりしていますからね、という意味です。


さて、行成様《ゆきなり》は、どう出るでしょうか。

間もなく届いた返書には、

「逢坂《おうさか》は人《ひと》こえやすき関《せき》なれば　鳥《とり》なかぬにもあけて待《まつ》とか」

こんな歌が書かれているではありませんか。

何て失礼な。

あなたと私の間の「逢坂《おうさか》の関《せき》」は、越《こ》えやすい関所なので、鶏《にわとり》が鳴かなくても開けて待っていてくれるんでしょう、と言っているのです。

あきれたので、これ以上、返事は出しませんでした。

数日後、行成《ゆきなり》様がやってきて、こう言われました。

「あなたが詠《よ》んだ歌、

『**夜《よ》をこめて鳥《とり》のそらねははかるとも　世《よ》に逢坂《おうさか》の関《せき》はゆるさじ**』

は、とても素晴《すば》らしいので、皆《みな》さんに披露《ひろう》しましたよ」

私は、答えました。

「あなたは、本当に私のことを愛してくださっているのですね。だから、私のよいところを、周りの皆《みな》さんに伝えてくださるのですね。とても、うれしいです。自分でも、よくできたと思う歌が、人の口から口へ伝わらなかったら、残念ですから。

その反対に、みっともない歌が世に広まったら、つらいものですよ。

だから私は、あなたが詠《よ》んだ歌、

『逢坂《おうさか》は人《ひと》こえやすき関《せき》なれば　鳥《とり》なかぬにもあけて待《まつ》とか』

は、絶対に隠《かく》し通《とお》して、人には見せませんからね。あれは、調子に乗って筆が滑《すべ》ったのでしょう。

あなたが私の歌を広めてくださるのと、私があなたの歌を隠《かく》すのとは、お互《たが》いに深い友情があるからですよね」

行成《ゆきなり》様は、苦笑いしながら続けます。

「あなたは、やはり、普通《ふつう》の女性とは違《ちが》いますね。さすがだなと思います。

本当はうれしくても、『まあ、ひどい。私の歌を他人に見せたりして』と言う人が多いですからね。実は、あなたも、そう言って怒《おこ》るかもしれないと、心配していたのです」

「とんでもない。お礼を言いたいほどですわ」

「私の歌を隠《かく》してくださったのは、ありがたいことです。はめを外してしまったな、と後悔《こうかい》していたのです。あの歌が、もし人目に触《ふ》れたら、どんなウワサが広まって、つらい思いをしたかもしれません。あなたは、物事の分別のある人です。これからも、信頼《しんらい》していますよ。よろしくね」

行成《ゆきなり》様は、その後も、私の歌が素晴《すば》らしいと、いろんな人に向かって、褒《ほ》めてくださっているようです。褒《ほ》めてくださるのは、本当に、うれしいことです。

19

第一三六段　殿などのおわしまさでのち

根もないウワサに、
尾びれ背びれをつけて、
非難するのが世間。
クヨクヨしても始まらないですよ

定子《ていし》さまの父君・藤原道隆《ふじわらのみちたか》様は、関白《かんぱく》として絶大な権力を持っておられました。ところが急に、病気でお亡《な》くなりになったのです。

それからというもの、世の中に事件が続き、騒然《そうぜん》となりました。

心を痛められた定子《ていし》さまは、御所《ごしょ》には参内《さんだい》されず、別の場所にお住まいになっていました。

私は、どんなことがあっても、定子《ていし》さまにお仕えするつもりでいました。しかし、憂鬱《ゆううつ》なことがあったので、しばらくお休みを頂き、里に帰ることにしたのです。

実家にいても、なかなか心が晴れず、半年近くたってしまいました。

すると、御所《ごしょ》で親しかった源経房《みなもとのつねふさ》様が、私のことを心配して、わざわざ訪ねてきてくださったのです。経房《つねふさ》様は、こう言われました。

「今日、定子《ていし》さまにお会いしてきましたよ。お住まいは、とても風情《ふぜい》がある所でした。女房《にょうぼう》たちも気を緩《ゆる》めることなく、季節に合わせた服装でお仕えしていました。でも、お庭の草が伸《の》び放題《ほうだい》だったので、『なぜ、こんなに草ぼうぼうにしておくのですか。人を雇《やと》って刈《か》らせたらいいのに』

と言うと、女房《にょうぼう》の一人が、

『定子《ていし》さまは、茂《しげ》った草の葉に露《つゆ》を置かせて、ごらんになっていらっし

ゃるのですよ。だから、あえて刈《か》らずに残してあるのです』

と説明してくれました。

草に露《つゆ》を置かせて観賞するというのは、中国の白楽天《はくらくてん》の詩に詠《うた》われている情景です。本当は、草を刈《か》る人を雇《やと》うのが経済的に難しいからだと思います。それを、こんな風流な言い方をするなんて、素敵《すてき》ですね。不遇《ふぐう》な身になられても、定子《ていし》さまを中心とする女房《にょうぼう》たちの、知性と感性は、一流ですよ。

女房《にょうぼう》たちは、皆《みな》、

『清少納言《せいしょうなごん》は、いつまで休んでいるつもりかしら。定子《ていし》さまも頼《たよ》りにされているのだから、早く帰ってきてほしい』

と言っていましたよ。そろそろ復帰してはどうですか」

私は、答えました。

「さあ、それは、どうでしょうかね。私は、定子《ていし》さまのことを忘れたことはありません。心からお慕《した》いしております。それなのに、おそばに仕えている女房《にょうぼう》たちが、あること、ないことウワサして、私を非難したのです。皆《みな》が集まって、こそこそ話をしている所を、私が通りかかると、さっとやめて無視するようになったのです。そこまでされたら、私だって、あの人たちを憎《にく》むようになりますよ。復帰するなんて、まだ気が進みません」

経房《つねふさ》様は、

「正直に、ハッキリと言われますね……」

と苦笑しながら、帰っていかれました。

実はこれまで、定子《ていし》さまから、何度も「早く帰ってきなさい」と、お言葉を頂いていました。それを聞き流して、月日がたってしまったことを、あの女房《にょうぼう》たちは、何やかやと、尾《お》びれ背びれをつけ、根も葉もないことを言い合っているのだろうな、と思うと、ますます気が重くなります。

でも私は、定子《ていし》さまから見放されたくはないのです。心細くなって、ぼんやりしていると、一人の女性が、こっそり訪ねてきました。

「定子《ていし》さまから、誰《だれ》にも知られないようにと念を押《お》されて、お手紙を預かってきました」

と言います。これは、よほどのことです。これまでのように女房《にょうぼう》の代筆ではなく、定子《ていし》さまの直筆に違《ちが》いありません。

私は、息が詰《つ》まるような緊張感《きんちょうかん》で、手紙を開きました。

すると、紙には何も書かれていません。

山吹《やまぶき》の花びらが、ただ一枚、包まれていました。

よく見ると、その花びらに、定子《ていし》さまの文字で「**いわでおもうぞ**」と書かれているではありませんか。

『拾遺集《しゅういしゅう》』に、

「**わがやどの八重山吹《やえやまぶき》は一重《ひとえ》だに**
散《ち》り残《のこ》らなん春《はる》のかたみに」

という歌があります。

「八重咲《やえざ》きの山吹《やまぶき》には、数多くの花びらがあります。しかし、秋になった今となっては、皆《みな》、散ってしまいました。でも、よく見ると、春のかたみのように、たっ

た一枚だけ、花びらが残っているのです」

という意味です。

定子《ていし》さまが、山吹《やまぶき》の花びらを一枚、私に送ってこられたのは、

「私が不遇《ふぐう》の身になったら、私の周りからは、花びらが散るように、皆《みな》、去っていくでしょう。最後まで残ってくれる一枚の花びらこそ、清少納言《せいしょうなごん》よ、そなただと思っていますよ。そなたを、信頼《しんらい》していますよ」

と言ってくださったようで、感激せずにおれませんでした。

しかも、「**いわでおもうぞ**」は、『古今集《こきんしゅう》』にある有名な和歌で、

「口には出さずとも、あなたへの思いは、どんなに強いか、お分かりですか」

という意味を表しています。

私はもう、胸がいっぱいになって、涙《なみだ》が込《こ》み上《あ》げてきました。定子《ていし》さまのために尽《つ》くそうと誓《ちか》っていたはずなのに、同僚《どうりょう》との、ささいな感情のもつれが原因で、長い間、ご迷惑《めいわく》をおかけしてしまいました。

すぐに、定子《ていし》さまにご返事をお書きしようと思ったのですが、どうしたことか、「**いわでおもうぞ**」の歌の、上《かみ》の句《く》が出てこないのです。

「あれ！　知らない人はいないほど有名な歌なのに、何だったかな……」

喉《のど》まで出かかっているのに言葉にならず、悩《なや》んでいる私を見て、そばにいた女の子が、

「『**下《した》ゆく水《みず》**』ですよ」

と教えてくれました。

「そうか！　そうだった」

20

第一四三段　むねつぶるる物

「今日は、どうも体調がすぐれない」。親が言うと、ドキッとします

ドキッとするもの。

親が、「今日は、どうも体調がすぐれない」と言って、ふだんと様子が違《ちが》うと、ドキッとします。

まして、悪い病気が流行して、あちらで人が死んだ、こちらでも人が死んだというウワサを聞くと、「親は大丈夫《だいじょうぶ》だろうか」と心配になって、何も手につかなくなります。

赤《あか》ん坊《ぼう》が、乳も飲まず、乳母《うば》が抱《だ》いても機嫌《きげん》が直らず、ずっと、火がついたように泣き続けていると、「どうしたのかな」と心配になります。

思いがけない所で、恋《こい》する人の声がすると、胸がドキッとしてしまいます。

誰《だれ》かが、その恋人《こいびと》の名前を出してウワサ話を始めると、どんなことを言うのだろうと、ドキドキしてきます。

21

小さいものは、本当に、かわいらしいですね

第一四四段　うつくしき物

かわいらしいもの。

瓜《うり》に描《か》いた幼児の顔。

チュ、チュ、チュと呼びかけると、ぴょんぴょん跳《と》び跳《は》ねて近寄ってくる雀《すずめ》の子。

急いで這《は》ってくる乳《ち》飲《の》み子《ご》が、途《と》中《ちゅう》で、小さな塵《ちり》を見つけ、「ほらっ」と言うような仕草をして、かわいい指でつまむ姿は、本当にかわいらしいですね。

幼い子を、ちょっと抱《だ》きかかえ、あやしているうちに、抱《だ》きついたまま眠《ねむ》ってしまうのも、とてもいじらしく、かわいく思います。

八歳から九歳、十歳くらいの男の子が、漢文の書籍《しょせき》を朗読している声は、初々《ういうい》しくて、とても可憐《かれん》です。

鶏《にわとり》の雛《ひな》が、着物の裾《すそ》をまくり上げたような格好をして、長い足を出して、ピヨピヨと鳴きながら、人の前や後ろについて歩き回っているのも、とってもかわいいものです。

小さいものは、何でも、本当にかわいらしく感じます。

22

心の通わない兄弟姉妹は、近くにいるけど、遠い

第一五九段　ちこうてとおき物

近そうで、遠いもの。

心が通わない兄弟姉妹、親族の仲。
鞍《くら》馬《ま》山《やま》へ登る時の、曲がりくねった道。
大晦日《おおみそか》から、元旦《がんたん》を迎《むか》えるまでの時間。

かいせつ

鞍《くら》馬《ま》山《やま》は傾斜《けいしゃ》が急なので、麓《ふもと》から頂上までの距離《きょり》は、それほどないように見えます。しかし、「九十九折《つづらおり》」ともいわれるように、曲がりくねった道が続くので、実際に歩いてみると、とても遠いのです。

23

男と女の間には、遠い距離がありそうで、実は、近い

第一六〇段　とおくてちかき物

遠そうで、近いもの。

極楽浄土《ごくらくじょうど》。
船の旅路。
男女の仲。

かいせつ

阿弥陀仏《あみだぶつ》のまします極楽浄土《ごくらくじょうど》の場所について、『阿弥陀経《あみだきょう》』には「是《これ》より西《にし》の方《ほう》、十万億《じゅうまんおく》の仏土《ぶつど》を過《す》ぎて」と説かれ、気の遠くなるような彼方《かなた》にあると教えられています。

一方、『観無量寿経《かんむりょうじゅきょう》』には、「阿弥陀仏《あみだぶつ》、此《ここ》を去《さ》ること遠《とお》からず」と、反対のことが説かれています。

「全ての人を、未来永遠の幸福にしてみせる」と誓《ちか》われた、阿弥陀仏《あみだぶつ》の本願（お約束）に救われた人は、この世は絶対の幸福に生かされ、死ぬと同時に一瞬《いっしゅん》で浄土《じょうど》に生まれられますから、極楽《ごくらく》は最も近い所になるのです。

第一八六段　ふと心おとりとかするものは

24

品のない言葉を遣う人なんて、最低ですね。みっともないです

何気ない会話をしていても、相手の言葉遣《ことばづか》い一つで、急に幻滅《げんめつ》することがあります。品のない言葉を遣《つか》う人なんて、最低ですね。

ちょっとした言葉の選び方一つで、上品に感じたり、下品に感じたりします。この微妙《びみょう》な違《ちが》いは、どこからくるのでしょう。不思議でなりません。

でも、こんな偉《えら》そうに言っている私が、正しい言葉遣《ことばづか》いを知っているかというと、そうでもありません。だって、そんなに簡単に、これはいい、これは悪いと言い切れる基準なんか、あるはずがないんですから。

まあ、他人のことは気にかけずに、自分の言葉の感覚を磨《みが》いていきたいと思っています。

下品な言葉や、ふさわしくない言葉を、そうと知りながら、その場を笑わせようとして、わざと言うのは、悪いことではありません。

しかし、身にしみついている下品な言葉を、何も考えずに、しゃべりまくることこそ、本当に、みっともない姿なのです。

わざとらしい言い方、心にもない慇懃無礼《いんぎんぶれい》な言い方に接すると腹が立ちますね。

話をする時に、言葉と言葉の間に、本来あるべき一文字を平気で省略する人があります。例えば、

「言わんとす（言おうと思う）」の「と」を発音せずに、

「言わんずる（言おう思う）」と言っているのを、よく聞きます。

他にも同様な例が多くありますが、がっかりする言葉遣《ことばづか》いです。みっともないです。

こんな感覚で、手紙や文章を書くのは、言語道断です。

文章がおかしいだけでなく、書いた人の感覚が疑われます。「何て品のない人だろう」と見透《みす》かされてしまうのです。

25

第二〇六段　五月ばかりなどに山里にありく

梅雨の時期に、
野山を歩くのは、
楽しいものです

五月頃《ごろ》（旧暦《きゅうれき》。梅雨の時期）に、牛車《ぎっしゃ》に乗って、山里を歩き回るのは、とても楽しいものです。山の麓《ふもと》には、清らかな水が流れ、青々とした草が一面に茂《しげ》っています。この美しい景色《けしき》の真ん中を、私たちは、牛車《ぎっしゃ》を連ねて、真っすぐに進んでいきました。

すると、牛車《ぎっしゃ》の供人の足元から、水滴《すいてき》が、バシャバシャと跳《は》ね上《あ》がっているのに気づきました。雨上がりだからですね。青々とした草の下には、水が浅く流れていたのです。

牛車《ぎっしゃ》が狭《せま》い道を通る時には、左右に立っている木の枝の先が、ちょっとだけ車の中に入ってきました。慌《あわ》てて葉をつかんで折り取ろうとしたのに、指の間から、さっと逃《に》げていってしまいました。残念でしたが、とっても楽しい瞬間《しゅんかん》でした。

また、牛車《ぎっしゃ》の中に、蓬《よもぎ》の香《かお》りが入ってくるようになりました。少し間隔《かんかく》を

あけながら漂《ただよ》ってきます。はて、なぜだろうと、よくよく周りを見ると、押《お》しつぶされた蓬《よもぎ》が、車輪にくっつきながら回っているではありませんか。蓬《よもぎ》がついている部分が車輪の上に来た時に、強い香《かお》りが、ぷーんと車内に届いていたのです。山里ならではの、楽しみですね。

26

第二一一段　九月廿日あまりのほど、長谷に

「美しいなあ」。こんな感激がわいた時、人は歌を詠みたくなる

九月二十日過ぎに、長谷寺《はせでら》へ参詣《さんけい》した時に、小さな家に泊《と》めてもらいました。とても疲《つか》れていたので、私たちは、ぐっすりと寝入《ねい》ってしまったのです。

真夜中に、ふと目が覚めると、月の光が、窓から、サーッとさし込《こ》んでいました。しかも、その光は、一緒《いっしょ》に寝《ね》ている人たちの着物を、白く輝《かがや》かせているではありませんか。「美しい光景だなあ」と、思わず見とれてしまいました。

こんな感激がわいた時、人は、歌を詠《よ》みたくなるのですね。

27

第二一五段　月のいとあかきに

月の明るい夜に、川を渡ると、
キラキラ輝く
水晶が見えるんです

月がとても明るい夜に、牛車《ぎっしゃ》で川を渡《わた》りました。車の中から、牛を見ていると、足で水面を蹴《け》るたびに、美しい水玉が飛び散っています。

それはまるで、細かく割れた水晶《すいしょう》が、月光を反射してキラキラ輝《かがや》いているように見えました。とっても美しい光景でした。

原文

月《つき》のいとあかきに、川《かわ》をわたれば、牛《うし》のあゆむままに、水晶《すいしょう》などのわれたるように、水《みず》のちりたるこそおかしけれ。（第二一五段）

28

第二二一段　細殿に、びんなき人なん

「すごいウワサが
飛び交っているけれど、
あなた、濡れ衣を
着せられたんじゃないの」

朝から、御所《ごしょ》の中では、女房《にょうぼう》たちが、ウワサ話で盛り上がっていました。

「私、見たのよ。夜明け前に、男の人が、大きな傘《かさ》をさして出ていくのを。女房《にょうぼう》たちが住んでいる細殿《ほそどの》の辺りからよ。誰《だれ》か、男を泊《と》めたのよ。ここには、男を入れてはいけないのにね」

よく聞いてみると、どうも、男を泊《と》めた犯人は、この私だと、ささやいているようです。

困ったものです。そんな無責任なことを言《い》い触《ふ》らして、何が楽しいのでしょうか。

すると、皇后定子《ていし》さまから使いが来ました。

「大至急、返事を」と言って、お手紙を渡《わた》してくれます。何事かと、封《ふう》を開けてみると、絵が描《か》いてあるではありませんか。

大きな傘《かさ》の絵です。

傘《かさ》を持つ人の手は描《えが》かれていますが、姿はありません。

人の姿がないのは「不明」という意味であり、「いったい、誰《だれ》なの」という問いかけなのでしょう。

ああ、もう、このウワサが、定子《ていし》さまの耳に入ってしまったのです。

お手紙をよく見ると、傘《かさ》の絵の下に、

「**山《やま》の端《は》明《あ》けし朝《あした》より**」

と書かれています。傘《かさ》の絵には、

「三笠山《みかさやま》」という文字が隠《かく》されていることに気づきました。

つまり、定子《ていし》さまから届いたのは、『拾遺集《しゅういしゅう》』にある有名な古歌、

「あやしくも　わが濡衣《ぬれぎぬ》を着《き》たるかな
みかさの山《やま》を人《ひと》に借《か》られて」

を踏《ふ》まえた、短歌の上《かみ》の句《く》だったのです。

これを受けた下《しも》の句《く》を作ってみなさい、というメッセージなのです。

「朝から、すごいウワサが飛《と》び交《か》っているけれど、あなた、濡《ぬ》れ衣《ぎぬ》を着せられたのでしょう」

と、定子《ていし》さまは、優《やさ》しく声をかけてくださっていたのでした。

私は、すぐにご返事しなければなりません。別の紙に、土砂降《どしゃぶ》りの雨の絵を描《か》いて、

「**（雨《あめ》）ならぬ名《な》の立《た》ちにけるかな**」
と書《か》き添《そ》えました。

「雨が降るのではなく、根も葉もないウワサが世の中に降っております」
という意味です。

私の返信を読まれて、定子《ていし》さまは、たいそう笑われたそうです。ほっとしました。

定子《ていし》さまの絵手紙の趣向《しゅこう》が、あまりにも素晴《すば》らしかったので、つい私も、つたない歌を詠《よ》んでしまいました。

それにしても、「**わが濡衣《ぬれぎぬ》**

を着《き》たるかな」と叫《さけ》ぶ歌が、勅撰和歌集《ちょくせんわかしゅう》に収録されているくらいですから、

こんなことは、いつの時代も、繰《く》り返《かえ》すのでしょうね。

29

第二四一段　ただすぎにすぐる物

20歳、30歳……70歳、80歳。人の年齢は、あっという間に、過ぎていきます

どんどん過ぎていくもの。

追い風を受けた帆《ほ》かけ船《ぶね》。

人の年齢《ねんれい》。

春、夏、秋、冬。

かいせつ

追い風を受けた船が、とても速いスピードで大海原《おおうなばら》を疾走《しっそう》する映像が、目に浮《う》かぶようです。

月日が過ぎ去っていく速さも、振《ふ》り返《かえ》れば全く同じだという実感を述べています。

しかも、若い時の一年よりも、四十歳、五十歳を過ぎてからの一年のほうがスピードアップしていないでしょうか。人生は、あっという間に過ぎていくのです。

30

第二五〇段　よろずのことよりも、なさけあるこそ

「あの人が、あなたのことを
心配していましたよ」と聞くと、
うれしいものです

思いやりの心を持つことは、男はもちろん、女にとっても、非常に大切なことだと思います。

誰《だれ》かが、苦しい目に遭《あ》っていると聞いたら、「まあ、お気の毒なことですね」「どんなに、おつらいことでしょう」と、なるべく言葉に出して言うようにしましょう。簡単そうに思えて、なかなかできないことなのです。たとえ、心の底から出た言葉でなくても、言ったほうがいいのです。

苦しんでいる本人が、その言葉を、人づてに耳にすると、とてもうれしいものです。面と向かって言われるよりもうれしいものです。

直接、「お気の毒なことです」と労《ねぎら》ってくれる人は、その場の流れで、しかたなく言ったり、機嫌《きげん》をとるために言ったりしているのかもしれません。

本人がいない所で言った言葉には、そんな計算が入っていません。だから、回り回って聞いた人の心に、「今度、お会いした時に、感謝の気持ちを伝えたい」という思いがわいてくるのです。

31

第二八〇段　雪のいとたこう降たるを

さあ、テストです。
「清少納言よ、
香炉峰の雪は、どうであろう」

雪が降って、庭に高く積もった朝のことです。

いつもなら、格子《こうし》を上げて、外の雪《ゆき》景色《げしき》が見えるようにしておくのが通例でした。ところが、この日は、寒さが厳しかったせいでしょうか、格子《こうし》が下りていました。

皇后定子《ていし》さまの元に、私たち女房《にょうぼう》が大勢集まって、火鉢《ひばち》を囲み、いろいろと話をしていました。

すると、定子《ていし》さまが、突然《とつぜん》、

「清少納言《せいしょうなごん》よ、香炉峰《こうろほう》の雪は、どうで

あろう」

と、おっしゃったのです。

はて、私に、何を求めておられるのでしょうか。

「香炉峰《こうろほう》」とは、中国の山の名前です。京都の御所《ごしょ》から見えるはずがありません。有名な白楽天《はくらくてん》の詩に、

「遺愛寺《いあいじ》の鐘《かね》は枕《まくら》をそばだてて聴《き》き
香炉峰《こうろほう》の雪《ゆき》は簾《すだれ》をかかげて看《み》る」

とあります。

でも、ここで、漢詩を朗詠《ろうえい》したところで、定子《ていし》さまの試験に合格するとは思えません。

私は黙《だま》って、白楽天《はくらくてん》が詠《よ》んだとおりに振《ふ》る舞《ま》ってみました。

女官に格子《こうし》を上げさせてから、私が窓側へ行き、簾《すだれ》を高く巻き上げて、外

の雪が見えるようにしたのです。

定子《ていし》さまは、「我《わ》が意を得たり」というお顔で、にっこりなさいました。

一緒《いっしょ》にいた女房《にょうぼう》たちは、皆《みな》、こう言っていました。

「素晴《すば》らしい機転です。私たちは、『**香炉峰《こうろほう》の雪《ゆき》は簾《すだれ》をかかげて看《み》る**』という詩は知っていましたが、今、この部屋《へや》の簾《すだれ》を上げるということは、思いつきませんでした。皇后定子《ていし》さまは、一流の知性と教養を身につけておられます。そんな定子《ていし》さまにお仕えする私たちは、もっともっと感覚を磨《みが》いていかなければなりませんね」

原文

雪《ゆき》のいとたこう降《ふり》たるを、例《れい》ならず御格子《みこうし》まいりて、炭櫃《すびつ》に火《ひ》おこして、物語《ものがたり》などしてあつまりさぶろうに、「少納言《しょうなごん》よ。香炉峰《こうろほう》の雪《ゆき》いかならん」と仰《おお》せらるれば、御格子《みこうし》あげさせて、御簾《みす》をたかくあげたれば、笑《わら》わせ給《たまう》。人々《ひとびと》もさることはしり、歌《うた》などにさえうたえど、「おもいこそよらざりつれ。猶此宮《なおこのみや》の人《ひと》にはさべきなんめり」という。（第二八〇段）

32

第二九三段　大納言殿まいり給て

「あなたは、いつも、大騒ぎして褒めてくれるね。褒めすぎだよ」

大納言《だいなごん》の要職にある藤原伊周《ふじわらのこれちか》様は、皇后定子《ていし》さまの兄君です。とても学問に秀《ひい》でた方で、帝《みかど》の家庭教師をなさっていました。

帝《みかど》にとっても、伊周《これちか》様は義理の兄にあたりますから、講義の時間といっても、親戚《しんせき》・家族が集まるような、気さくな雰囲気《ふんいき》でした。

いつも、定子《ていし》さまや、私たち女房《にょうぼう》も一緒《いっしょ》にお聴《き》きしていたのです。

ある日、伊周《これちか》様が、熱心に漢詩の講義を続けられ、深夜になっても終わらないことがありました。

するとおそばで聴《き》いていたはずの女房《にょうぼう》が、一人、また一人と、そっと姿を消していきます。皆《みな》、屏風《びょうぶ》や衝立《ついたて》の陰《かげ》に隠《かく》れて、横になって、休んでしまうのでした。とうとう、残っている女房《にょうぼう》は、私一人になってしまいました。

眠《ねむ》たいのを我慢《がまん》して座《すわ》っていると、

「丑四《うしよ》つ」（午前二時半）

と告げる声がしました。

私が、つい、

「どうやら、間もなく夜が明けそうですね」

と、独り言を言うと、伊周《これちか》様は、

「今さら、寝《ね》ようとは、考えていないでしょうね」

と念を押《お》されます。

「まあ、困ったわ。この方は、私を寝《ね》かせないつもりなんだ！

もっと早く抜《ぬ》け出《だ》して、屏風《びょうぶ》の陰《かげ》にもぐり込《こ》めばよかった……。

伊周様《これちか》に、面と向かって、こんなことを言われてしまったから、もう手遅《ておく》れね」

そして、漢詩の講義を聴《き》いておられるはずの帝《みかど》を見ると……。

やっぱり！　帝《みかど》も、柱に寄りかかって、眠《ねむ》っておられました。

伊周様《これちか》が、

「ほら、帝《みかど》をごらんなさい。間もなく夜が明けるのに、あんなにぐっすり寝《ね》ていて、いいんですかね」

と言われると、

「本当ですね」

と、定子《ていし》さまも笑っておられます。

こんな会話があっても、帝《みかど》は、全く気づかずに熟睡《じゅくすい》！

すると、突然《とつぜん》、けたたましい鶏《にわとり》の鳴き声が響《ひび》きわたったのです。

台所にいた鶏《にわとり》が、犬《いぬ》に追われ、バタバタと必死に駆《か》けているのです。この部屋《へや》の廊下《ろうか》まで逃《に》げてきて、激しく鳴《な》き騒《さわ》いでいるのでした。

屏風《びょうぶ》の陰《かげ》で寝《ね》ていた女房《にょうぼう》たちは、皆《みな》、驚《おどろ》いて、飛び起きてきました。

帝《みかど》も目を覚まし、

「どうして、こんな所に、鶏《にわとり》がいるのだ！」
と尋《たず》ねられます。
伊周《これちか》様は、すかさず、
「**声《こえ》、明王《めいおう》の眠《ねぶ》りを驚《おどろ》かす……**」
と、『和漢朗詠集《わかんろうえいしゅう》』に収められている漢詩を、声高らかに吟詠《ぎんえい》されたのです。
何て素晴《すば》らしいお声でしょう。
何て、この場にぴったりな漢詩でしょう。
即興《そっきょう》とは、とても思えません。
感動のあまり、眠《ねむ》かった私の目も、パッチリと開いてしまいました。
帝《みかど》も、定子《ていし》さまも、とても感激しておられました。
このような風雅《ふうが》な時間を体験できるのは、とても幸せなことです。

次の日のことです。

夜中に、私が、御殿《ごてん》から退出しようとしていると、伊周様《これちか》が、

「今、帰るのか。わしが、送ってあげよう」

と、優《やさ》しく声をかけてくださいました。

伊周様《これちか》と一緒《いっしょ》に庭に出ました。

月の明るい夜です。伊周様《これちか》の衣服が、月光に映《は》え、白く輝《かがや》いて見えました。

「転ぶなよ」

と、私の袖《そで》をつかんで、ゆっくりと歩んでくださいます。

伊周《これちか》様は、歩きながら、漢詩の朗詠《ろうえい》を始められました。

佳人《かじん》尽《ことごと》く晨粧《しんそう》を飾《かざ》る……

（美人は、ことごとく朝の化粧《けしょう》を飾《かざ》る）

遊子《ゆうし》なお残月《ざんげつ》に行《ゆ》く……

（旅人は、有明の残る月になおもゆく）

「もしかして、『佳人《かじん》（美人）』って、私を指して言ってくださっているのかしら……」なんて、心が、密《ひそ》かに弾《はず》んできます。

美しい月の下で、こんな素晴《すば》らしい朗詠《ろうえい》をお聞きできるとは、思ってもいませんでした。

私の心は、ウキウキしていました。感動した気持ちを、そのままお伝えすると、伊周様《これちか》は、大きな声で笑いながら、こう言われました。

「あなたは、これくらいのことを、いつも、大騒《おおさわ》ぎして褒《ほ》めてくれるね。褒《ほ》めすぎだよ」

現地ルポ

『百人一首』と清少納言
「恋の関所」を詠った
逢坂の関を訪ねて

『百人一首』に、清少納言《せいしょうなごん》の歌が収められています。

鶏《にわとり》の鳴き声をめぐって、藤原行成《ふじわらのゆきなり》と歌のやりとりをしているうちに、彼からプロポーズされてしまいます。

清少納言《せいしょうなごん》は、ハッキリと断らずに、ユーモアたっぷりに、こんな歌で返事を出しました（本書一八話）。

夜《よ》をこめて鳥《とり》のそらねははかるとも
世《よ》に逢坂《おうさか》の関《せき》はゆるさじ

この歌が、『小倉百人一首《おぐらひゃくにんいっしゅ》』に選ばれています。『百人一首』は、今日《こんにち》でも、カルタとして親しまれていますので、暗記したことのある人も多いのではないでしょうか。

歌の中にある「逢坂《おうさか》の関《せき》」は、山《やま》城国《しろのくに》（京都府）と近江国《おうみのくに》（滋賀県）の境にあった関所です。都の人にと

逢坂の関記念公園（滋賀県大津市）

っては、ここを越《こ》えれば東国《とうごく》だったのです。旅に出る人と別れる悲しい所であり、帰ってくる人と再会する喜びの場所でもありました。出会いと、別れを象徴《しょうちょう》する「逢坂《おうさか》の関《せき》」は、文学作品にもよく出てきます。

『源氏物語《げんじものがたり》』には、光源氏《ひかるげんじ》が、かつての恋人《こいびと》・空蝉《うつせみ》と、逢坂《おうさか》の関《せき》で再会する

「逢坂山関址」の石碑

シーンが描《えが》かれています。「恋《こい》の再燃か！」と読者をハラハラさせるには、「逢坂《おうさか》の関《せき》」という設定がぴったりなのでしょう。

さて、「逢坂《おうさか》の関《せき》」は、どこにあったのでしょうか。今でも、その面影《おもかげ》が残っているのでしょうか。ちょっと、逢坂山《おうさかやま》の跡地《あとち》を訪ねてみることにしましょう。

ＪＲ京都駅から山科駅《やましなえき》へ向かいます。ここで京阪電車《けいはんでんしゃ》に乗《の》り換《か》えて「大谷《おおたに》」で下車。小さな無人駅です。

ゆっくりと坂道を登っていくと、峠《とうげ》の

大谷駅

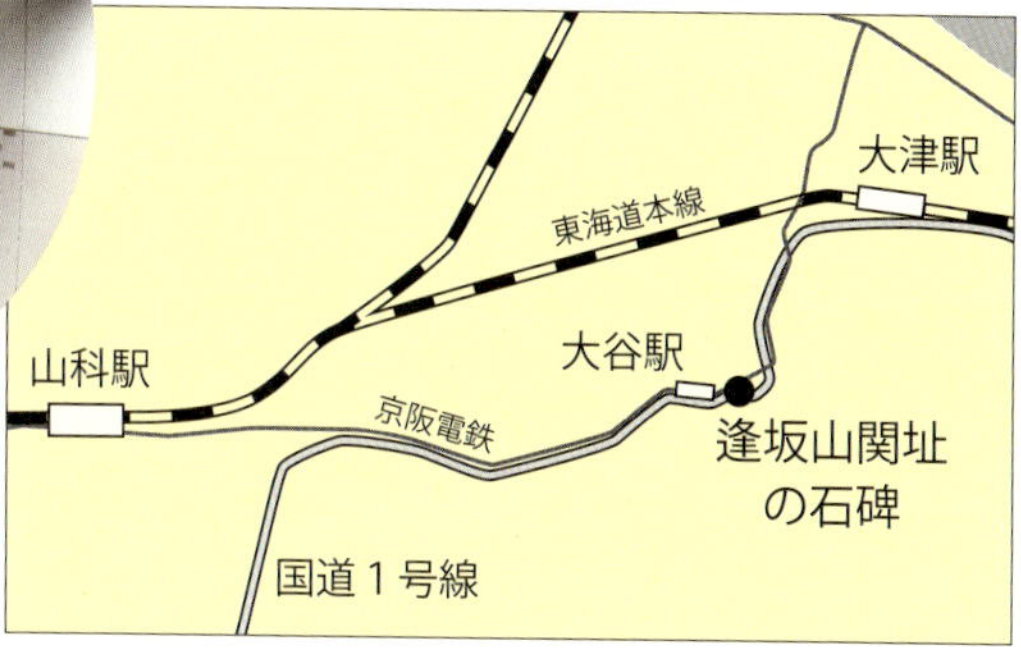

頂あたりに「逢坂山関址《おうさかやまのせきあと》」と刻んだ石碑《せきひ》がありました。すぐ横が、国道一号線です。

山と山の間の、狭《せま》い場所をくり抜《ぬ》くように国道が整備され、鉄道も走っています。昔も今も、交通の要衝《ようしょう》に変わりはないのだな、と実感します。

しかし、ここは「逢坂《おうさか》の関《せき》記《き》念公《ねんこう》園《えん》」と名づけられていますが、小さな休憩所《きゅうけいじょ》があるだけで、昔を偲《しの》ぶものはありません。駐車場《ちゅうしゃじょう》もありませ

逢坂山の峠から見た国道１号線

ん。

千年以上も前のことですから、この山の、どの辺りに関所があったのか、ハッキリしないそうです。

少し残念な気持ちを残しながら、帰ろうとした時に、草むらに、清少《せいしょう》納言《なごん》の歌碑《かひ》を発見しました。

紫陽花《あじさい》の花や枝が表面を覆《おお》っていて、最初は気がつかなかったのです。

枝を折らないように、ちょっと横へ寄せて歌碑《かひ》の写真をパチリ。

逢坂の関記念公園

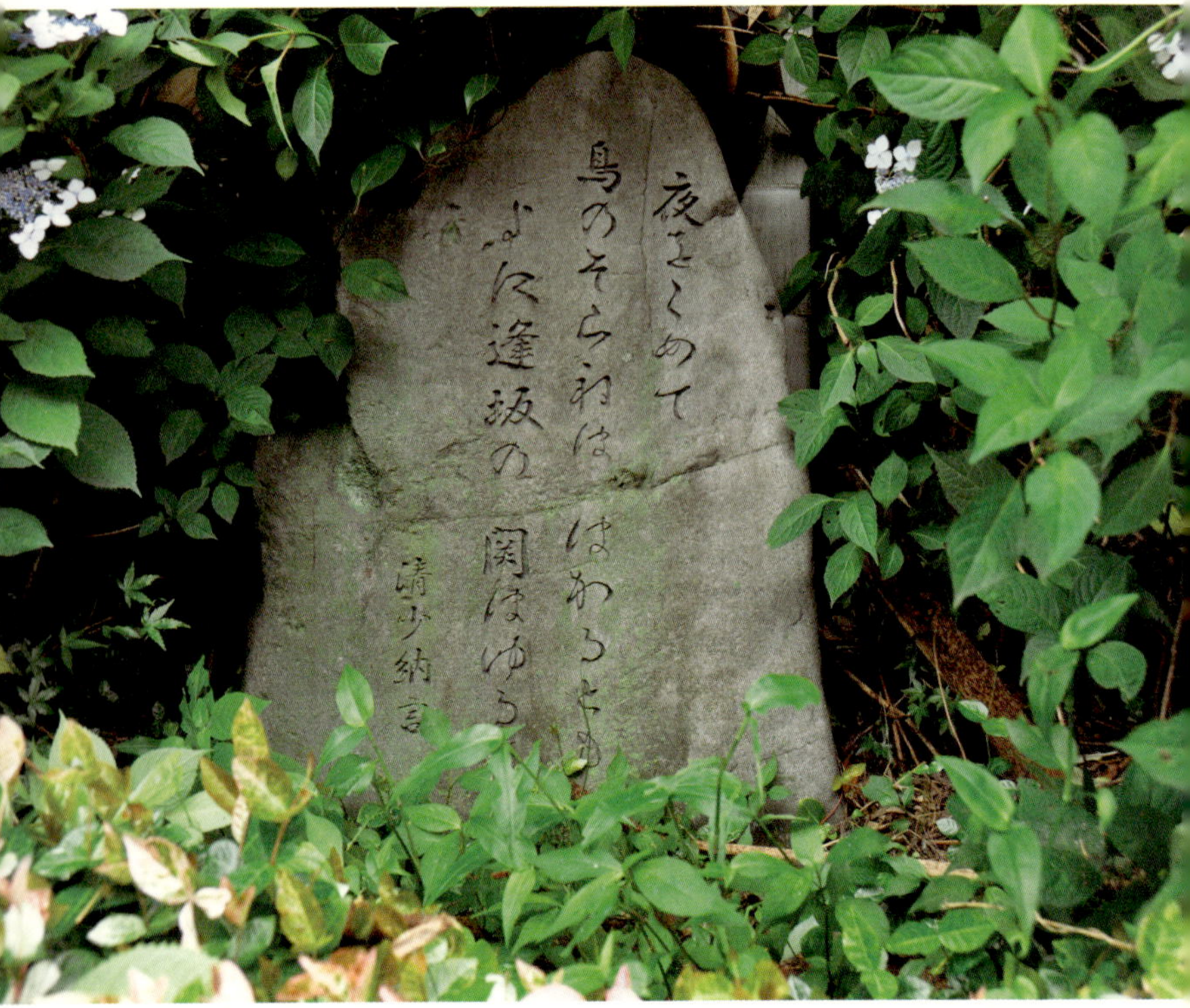
夜をこめて
鳥のそらねは　はかるとも
よに逢坂の　関はゆる
清少納言

清少納言の歌碑（平成30年 6 月19日撮影）

『百人一首』とは、藤原定家《ふじわらのさだいえ》が、飛鳥時代《あすかじだい》から鎌倉時代《かまくらじだい》までの優秀《ゆうしゅう》な歌人を百人選び、さらに、その歌人の優《すぐ》れた歌を一首ずつ選んで編纂《へんさん》したものです。その中に、清少納言《せいしょうなごん》が入るのは、素晴《すば》らしいことです。

実は、この『百人一首』の中に、清少納言《せいしょうなごん》の父と、曾祖父《そうそふ》も選ばれています。さすが、彼女の家は、歌の名門だったのですね。

清少納言《せいしょうなごん》は、「親が名人だから、その子も、うまいに違《ちが》いないと見られるのが、嫌《いや》なのです。下手《へた》な歌を詠《よ》んだら親に申し訳ないから、詠《よ》まないことにしています」と告白していますが、その気持ちは、よく分かります。

そんな彼女の歌が、父と曾祖父《そうそふ》と一緒《いっしょ》に、『百人一首』に選ばれたことを知ったら、跳《と》び上《あ》がって喜ぶに違《ちが》いありません。

逢坂山でゆうげを
清少納言の秘められた思い

逢坂山でインタビュー

逢坂山でゆうげを

時空を超えたインタビュー　清少納言と紫式部に会いたい

紫　紫式部《むらさきしきぶ》
清　清少納言《せいしょうなごん》
木　聞き手・木村耕一

『枕草子《まくらのそうし》』執筆《しっぴつ》の謎《なぞ》を解くには、清少納言《せいしょうなごん》と紫式部《むらさきしきぶ》に会って、直接、尋《たず》ねるのがいちばんです。

こちらから宮中へ入っていくのは難しそうなので、タイムマシンで、一日だけ、現代へ来てもらうことにしました。

優雅《ゆうが》な庭園を望む部屋《へや》で食事のできる店が、逢坂《おうさか》の関《せき》の近くにあると聞いたので、予約しておきました。

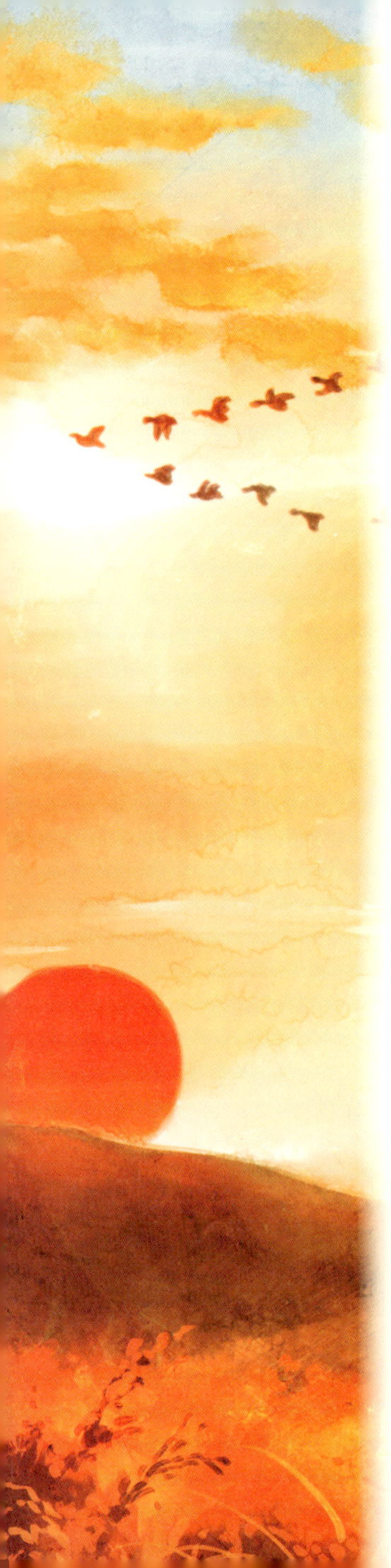

逢坂《おうさか》の関《せき》から坂道を下りると、左手に風流な料理店がありました。

「ここだな」

玄関《げんかん》を入ると、女将《おかみ》が笑って、こう言います。

「先にお着きのお二人は、同じ部屋《へや》の空気を吸いたくないとおっしゃいますので別々にお座敷《ざしき》をご用意しました。どちらへ先に、ご案内しましょうか」

「そうですか……。では、まず、紫式部《むらさきしきぶ》の所へ」

「承知しました。『源氏物語《げんじものがたり》の間《ま》』へ、ご案内します」

紫式部にインタビュー　『枕草子』が隠した重大な事実とは

部屋《へや》に入ると、髪《かみ》の長い女性が、新緑の庭園を眺《なが》めて座《すわ》っています。
挨拶《あいさつ》すると、愛想《あいそ》よく返事をしてくれました。
「きつい人では、ないんだ……」と、内心、ほっとしました。
紫式部《むらさきしきぶ》は、ベストセラー小説『源氏物語《げんじものがたり》』を書いた偉大《いだい》な女流作家です。

(木)「早速《さっそく》、お伺《うかが》いしたいことがあります。なぜ、『清少《せいしょう》納言《なごん》は、知ったかぶりで偉《えら》そうな人』『嘘《うそ》を書いている』などと非難されたのか、その理由をお聞きしたかったの

です」

紫「そんなこと、書きましたかしら」

木「『紫式部日記《むらさきしきぶにっき》』にありますが……」

紫「他人の日記を、のぞかないでほしいですね。あなただって、イライラする日があるでしょ。日記ですから、その日の気分で、何でも、思いつくまま、書くことがありますよ」

木「学者の中には、ライバル意識の表れだ、という人もありますが……」

紫「それは違《ちが》いますね。清少納言《せいしょうなごん》は、一条天皇《いちじょうてんのう》の后《きさき》・定子《ていし》さまの女房《にょうぼう》です。私は、同じ一条天皇《いちじょうてんのう》の后《きさき》・彰子《しょうし》さまの女房《にょうぼう》です。傍《はた》から見たら、ライバルに見えるかもしれません。でも私は、清少納言《せいしょうなごん》が宮仕えを辞《や》めてから五年後に女房《にょうぼう》になったのです。宮中では顔も合わせていません」

木「では、清少納言《せいしょうなごん》の『枕草子《まくらのそうし》』を読んで、どう思いましたか」

紫「あれには、嘘《うそ》が書かれています」

木「やっぱり、非難しているじゃないですか」

紫「非難ではありません。清少納言《せいしょうなごん》は、重大な事実を隠《かく》しているのですよ」

木「重大な事実とは、何でしょうか」

紫「実は、定子《ていし》さまは、悲劇の皇后だったのです」

木「詳《くわ》しく、聞かせてください」

紫「清少納言《せいしょうなごん》が女房《にょうぼう》になった頃《ころ》は、定子《ていし》さまにとって、最も幸せだったと思います。父親が関白《かんぱく》でしたから、絶大な権力を持って、定子《ていし》さまを守っていました。

ところが、幸せは、長くは続きませんでした。父・藤原道隆《ふじわらのみちたか》様が、病気で亡《な》くなったのです。四十三歳の若さでした。清少納言《せいしょうなごん》が宮中に入ってから、わずか一年半後のことです。さらに、定子《ていし》さまの

兄・伊周《これちか》様が、大事件を起こしてしまうのです」

木「伊周《これちか》というと、夜更《よふ》けまで、天皇《てんのう》に漢詩の講義をした人ですね。月の美しい夜に、清少納言《せいしょうなごん》の手を引いて歩いてくれた貴公子が、何をしたのですか」（本書三二話）

紫「父の権力の座を受《う》け継《つ》ぐのは自分だと思っていたのでしょうね。そうなれば、定子《ていし》さまも安泰《あんたい》だったはずです。

ところが、関白《かんぱく》に任命されたのは、父の弟・道兼《みちかね》様でした。

道兼《みちかね》様は得意の絶頂でしたが、わずか十日で、都にはやっていた伝染病《でんせんびょう》に

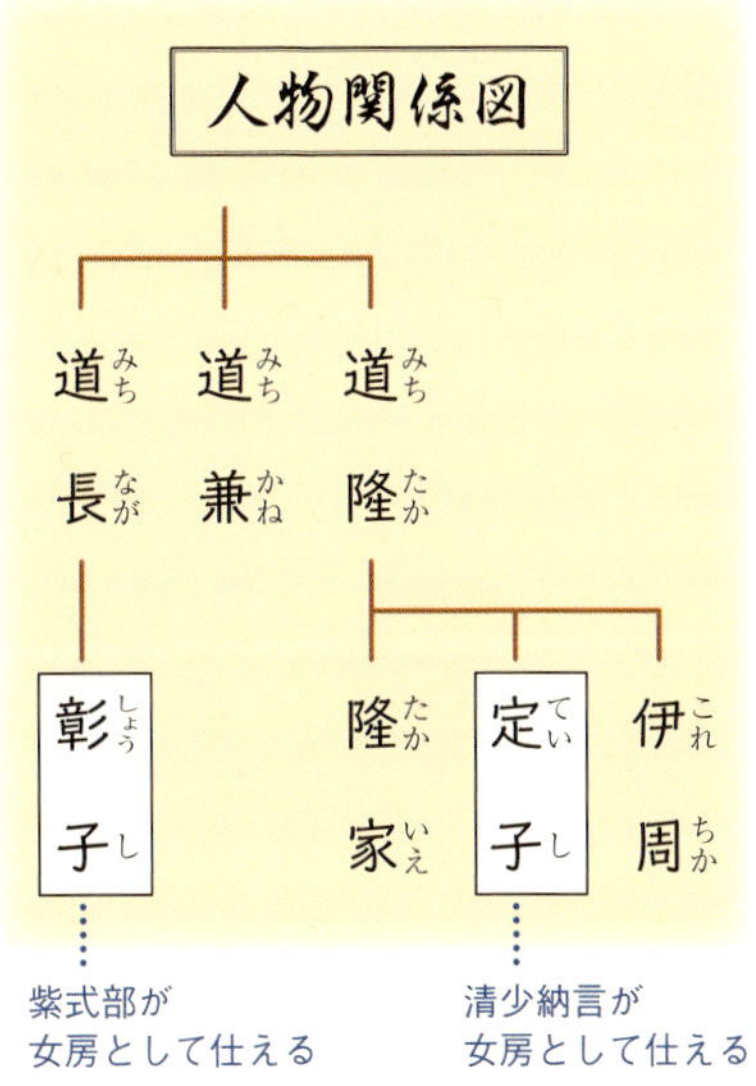

かかり、急死したのです。
伊周《これちか》様は、今度こそ、自分の番だと思っていたのに、次に実権を握《にぎ》ったのは、父の末弟《まってい》・道長《みちなが》様だったのです」

木「それで、伊周《これちか》は、怒《おこ》ったのですか。人間、怒《いか》りの炎《ほのお》に包まれると、理性を焼いてしまいますからね」

紫「はい。弟の隆家《たかいえ》様と語らって乱闘事件《らんとうじけん》を起こしています。さらに、反対勢力の人たちを呪《のろ》い殺《ころ》そうとしていたことが発覚したのです」

木「隆家《たかいえ》というと、清少納言《せいしょうなごん》から、『素晴《すば》らしい扇《おうぎ》の骨というのは、海月《くらげ》の骨じゃないですか』と突《つ》っ込《こ》まれた人ですね。あの、ひょうきんな隆家《たかいえ》も、荷担《かたん》したのですか」（本書一一話）

紫「そうなんです。定子《ていし》さまのご兄弟が、そろ

って大事件を起こし、流刑《るけい》に処せられたのです。しかも、流刑地《るけいち》から逃《に》げ出《だ》して都へ戻《もど》ってきて、再び逮捕《たいほ》されるという有り様でした」

木「まるで、御所《ごしょ》から追放された老犬・翁丸《おきなまろ》のエピソードと同じじゃないですか」（本書三話）

紫「翁丸《おきなまろ》の話は、伊周《これちか》様の事件を意識して書いていると思いますよ」

木「ところで、皇后定子《ていし》は、どうなったのですか」

紫「定子《ていし》さまは、ちょうど、初めての子供が、おなかに宿った時だったのです。最も幸せな時期だったはずなのに……。お父様の病死、ご兄弟の流刑《るけい》、そして実家が全焼《ぜんしょう》、お母様まで亡《な》くなられるという不幸が、次々に起きました。そのご心中は、とても察することができません。定子《ていし》さまは、出家して

しまわれたのです」

木「尼僧《にそう》になったということですか。それは天皇との離縁《りえん》を意味しますね」

紫「ところが、一条天皇《いちじょうてんのう》は、定子《ていし》さまへの愛を断念することができなかったのです。貴族の反対を押《お》し切《き》って、愛を貫《つらぬ》こうとされました。

定子《ていし》さまも、周囲から、皇后として不適格だと白眼視され、いじめを受け続けられます。そんな中で、必死に、帝《みかど》の愛を受け止めようとしておられました。

しかし、三人めの子を出産すると、そのまま息絶え、帰らぬ人となってしまわれたのです。定子《ていし》さま、二十四歳の若さでした。あまりのストレスの連続で、もう体がもたないと予感しておられたようです。死の床《とこ》に、辞世の句が残されていました」

皇后定子《ていし》の辞世の句

夜《よ》もすがら契《ちぎ》りしことを忘《わす》れずは恋《こ》いん涙《なみだ》の色《いろ》ぞゆかしき

夜が明けるまで、あなたは私に愛を誓《ちか》ってくださいました。そのお気持ちを忘れずにいてくださるならば、どんな色の涙《なみだ》を流してくださるのでしょうか。

知《し》る人《ひと》もなき別《わか》れ路《じ》に今《いま》はとて心細《こころぼそ》くも急《いそ》ぎたつかな

ああ、今、この世から、あの世への別れ道に立っています。知る人のない世界へ行くのは、とても心細いのですが、もう時間がありません。旅立つ時が来ました。

木「『源氏物語《げんじものがたり》』を読んだことのある人ならば、皇后定子《ていし》と桐壺更衣《きりつぼのこうい》の姿が重なってしまいますね。

桐壺更衣《きりつぼのこうい》は、父を亡《な》くし、実家が没落《ぼつらく》していました。后《きさき》としてふさわしくないと周りから非難を浴びながらも、帝《みかど》から愛され光源氏《ひかるげんじ》を生んで死んでいきます。しかも、死出の道へ旅立つ悲しさを、辞世の句に残しています。あなたは、皇后定子《ていし》の生涯《しょうがい》をモデルにして、『源氏物語《げんじものがたり》』を書かれたのですね」

紫「帝《みかど》と定子《ていし》さまの悲劇は、当時、あまりにも有名だったのです。天下周知の事実を元にして、物語をふくらませていくのは、当然の手法です。

しかし、清少納言《せいしょうなごん》は、このような悲劇が、一切《いっさい》、なかったような顔をして『枕草子《まくらのそうし》』を書いています。そこが、私には、理解できないのです」

木「そうですね。これから会って、確かめてきます。ありがとうございました」

清少納言にインタビュー
なぜ、言い訳も、非難もしなかったのですか

では次は、「『枕草子《まくらのそうし》』の間《ま》」へ向かいます。清少納言《せいしょうなごん》が、待ちくたびれていると思います。文句を言われたら、どうしよう……。

木「遅《おそ》くなって、申し訳ありません」

清「いいえ、気にしないでください。素敵《すてき》な庭園を、ゆっくり見る時間を頂いて、うれしいのです。ここは、とても風流ですね」

木「『枕草子』に書かれている言葉で言うと、『いとおかし』ですね」

清「まあ、よくご存じですね。そのとおりです」

木「『枕草子《まくらのそうし》』を読んで、前向きな明るさを感じて、とても元気がわきました。でも、分からないことがあるのですが……」

清「どうぞ、何でもお答えしますよ」

木「あなたは、皇后定子《ていし》から休暇《きゅうか》をもらって、実家へ帰った時期がありましたね。半年間も。理由は、何だったのですか」（本書一九話）

清「その問いに答えるには、少し煩雑《はんざつ》ですが、当時の背景を説明しなければなりませんね。

定子《ていし》さまの父君・藤原道隆《ふじわらのみちたか》様は、関白《かんぱく》という最高権力者でした。定子《ていし》さまは、帝《みかど》の最愛の后《きさき》でした。そうすると、将来、出世しようと願っている人たちは、積極的に関白《かんぱく》・道隆《みちたか》様と定子《ていし》さまに近づいていきます」

木「人間の心理として、そうなるでしょうね」

清「ところが、父君・道隆《みちたか》様が急死されました。すると、多くの人たちが、態度を翻《ひるがえ》して、新たに権力を握《にぎ》った道長《みちなが》様に接近していきます。典型的だったのが、藤原斉信《ふじわらのただのぶ》様でした」

木「斉信《ただのぶ》というと、根も葉もないウワサを信じてあなたと絶交し、廊下《ろうか》ですれ違《ちが》ったら袖《そで》で顔を隠《かく》した男ですね」（本書九話）

清「そうです。何度も、私に、夫婦《ふうふ》の契《ちぎ》りを結ぼうと言い寄ってきた、あの人ですよ（本書一七話）。定子《ていし》さまの女房《にょうぼう》たちは、皆《みな》、『裏切り者！』って呼んでいましたわ」

木「裏切り者ですか。きつい言い方ですね」

清「女房《にょうぼう》たちは、自分の周りの人を疑う

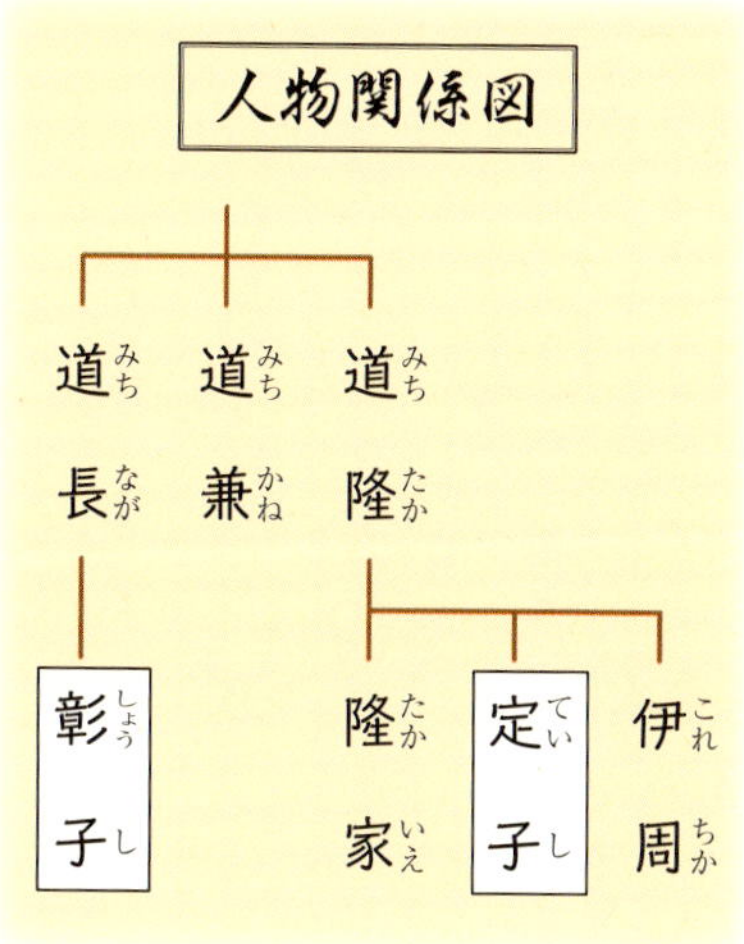

ようになってきました。私のことまで、『裏切り者に違《ちが》いない。やがて、道長《みちなが》様側について出世しようとしている』と、陰《かげ》で、ウワサしだしたのです」

木「根拠《こんきょ》のない非難ならば、反論すればよかったのではないですか」

清「それは時間の無駄《むだ》ですよ。もともと、根も葉もないウワサに、尾《お》びれ背びれがついた話なのですから、正しようがありません。言い訳をすればするほど、エスカレートするに決まっています。誰《だれ》が言い始めたのか犯人を探したって、結局、感情を害するだけです。私は、何も言わずに、時間をおこうと思って、休暇願《きゅうかねが》いを出したのです」

木「ただ、時間の流れを待つだけだったのですか」

清「いいえ、実家に帰っている間に、『枕草子《まくらのそうし》』を書き始めました。言い訳、

反論、非難を書こうとしたのではありません。

相手や周りの人を斬《き》らず、責めずに、私が、いかに定子《ていし》さまを尊敬しているかを表現しようとしました。定子《ていし》さまの素晴《すば》らしさを、そのまま書けば、私が、裏切りを考えているというウワサは、吹《ふ》き飛《と》ぶと思ったのです」

木「その『枕草子《まくらのそうし》』は、皇后定子《ていし》と女房《にょうぼう》たちに届いたのですか」

清「はい、私が思っていたとおり、同僚《どうりょう》の女房《にょうぼう》たちは、私への疑いが晴れたようで、皆《みな》、笑顔《えがお》で迎《むか》えてくれました」

木「その後、道長《みちなが》は、自分の娘《むすめ》を天皇に嫁《とつ》がせますね。皇后定子《ていし》の立場は、微妙《びみょう》になってきたのではないでしょうか」

清「そのとおりです。道長様《みちなが》は、定子《ていし》さまへの嫌《いや》がらせを繰《く》り返《かえ》します。出産の妨害《ぼうがい》までしたんですよ。定子《ていし》さまを皇后の座から蹴落《けお》として、自分の娘《むすめ》が生む子供を次の天皇に……と画策していくのです」

木「そんな苦しい状況《じょうきょう》は、『枕草子《まくらのそうし》』には、全く書かれていませんでしたよ。そのことを、紫式部《むらさきしきぶ》は『重大な事実が隠《かく》されている』と言ったのですね」

清「定子《ていし》さまは、不幸な出来事《できごと》に見舞《みま》われて、苦しんでおられるのです。『枕草子《まくらのそうし》』は、定子《ていし》さまに読んでいただこう、元気になっていただこうと思って書いたのですから、わざわざ不幸な事件に触《ふ》れるはずがないじゃありませんか。私は、定子《ていし》さまに語りかけるように、『あの時は、こんなに楽しいことがありましたね』と書いていったのです。

また、同僚《どうりょう》の女房《にょうぼう》たちに、『定子《ていし》さまは、皇后として、最高の方ですよね。私たちは、そんな定子《ていし》さまのおそばで働くことができて幸せですよね』と呼びかけるように書いていったのです」

木「『枕草子《まくらのそうし》』には、あなたが復帰したあとの出来事《できごと》も書かれていますね」

清「そうです。ずっと書き続けました。定子《ていし》さまがお亡《な》くなりになってから書き足した部分もあります」

木「それは、どんな気持ちで書き続けられたのですか」

清「本になれば、いつ、どこで、どんな人が読んでくださるか分かりません。

私は、帝《みかど》に、『定子《ていし》さまは、あなたに愛されたことを、最後まで幸せに思っておられましたよ』とお伝えしたかったのです。

定子《ていし》さまの三人のお子さまには、『あなた方は、ご両親の愛に包まれて、望まれて、お生まれになったのですよ』とお伝えしたかったのです。

定子《ていし》さまのことを誤解したり、非難したりしている世間の人たちには、定子《ていし》さまの、ありのままの姿を伝えたかったのです」

木「文章を書いている時に、『道長《みちなが》は、こんな嫌《いや》がらせをして、定子《ていし》さまを苦しめたんだ』『事実は、こうだったん

だ！』と訴《うった》えたいという気持ちは起きませんでしたか」

(清)「それは、ありましたよ。ふつふつとわいてきましたよ。もし、全部、吐《は》き出《だ》して書いたら、スカッとするでしょうね。

でも、お寺で仏教を聴聞《ちょうもん》した時に、講師の方から、『**なぜやめぬ、怨《うら》み呪《のろ》えば、身の破滅《はめつ》**』と教えていただいたことを思い出し、愚《おろ》かな行為《こうい》を慎《つつし》むことができました」

(木)「その講師は、美男子だったのですね」（本書五話）

(清)「別に、美男子だから頭に残ったのじゃなくて、やはり、真実の言葉だな、と思ったのです。他人から、理不尽《りふじん》なことをされたからといって、怒《おこ》ったり、非難したり、報復したりして、何か、いいこと、あるでしょうか。

私が怒《おこ》れば、必ず、相手も怒《おこ》ります。

報復すれば、必ず、もっとひどい報復を受けるでしょう。

怨《うら》み、呪《のろ》いの連鎖《れんさ》で、身を破滅《はめつ》させるのは、相手ではなく、自分自身なのです。

定子《ていし》さまの兄・伊周《これちか》様が、そのいい例です。私は、同じ失敗を繰《く》り返《かえ》してはならないと思いました」

木「『**なぜやめぬ、怨《うら》み呪《のろ》えば、身の破滅《はめつ》**』ですか……。本当に、心に、ぐさりとくる言葉ですね」

清「このお言葉は、仏教の大切な教え、因果《いんが》の道理《どうり》に基づいているから深いのですよ。

善い行いをすれば、必ず、善い結果が起きます。（善因善果《ぜんいんぜんか》）

悪い行いをすれば、必ず、悪い結果が起きます。（悪因悪果《あくいんあっか》）

自分の行いの結果は、全て、自分に現れます。（自因自果《じいんじか》）

これを、因果《いんが》の道理《どうり》といって、仏教の全ての宗派に共通した教えなのです」

木「しっかりと、お寺で、聴聞《ちょうもん》されていたのですね」

清「定子《ていし》さまがお亡《な》くなりになったと聞いた道長《みちなが》様は、恐怖《きょうふ》におののいて、歩くこともできない精神状態に陥《おちい》ったといわれています。これまで、自分がやってきた卑劣《ひれつ》な迫害《はくがい》や、嫌《いや》がらせの数々が、一気に思い出されてきたのですね。因果応報《いんがおうほう》です。きっと悪い報《むく》いを受けるに違《ちが》いないと、震《ふる》えていたのです。だから、怒《いか》りで自滅《じめつ》した伊周《これちか》様も苦しみ、成功者と思われている道長《みちなが》様も罪悪に苦しめられていたのです」

木「人を怨《うら》んだり、非難したり、報復したりする人は、結局、自因自果《じいんじか》で、自分が苦しむことになるのですね」

清「ところで、あなたの時代でも、『枕草子《まくらのそうし》』は読まれているんですか」

木「もちろんです。とても人気ですよ。権力を握《にぎ》った藤原道長《ふじわらのみちなが》が何をしたかよりも、皇后定子《ていし》とあなたたち女房《にょうぼう》が知的で楽しい宮廷生活《きゅうていせいかつ》を送っていたことに好感を持っている人が、圧倒的《あっとうてき》に多いと思います」

清「うれしいです。私の思いが、千年後まで届いたような気持ちがして満足です」

インタビューを終えると、ちょうど女将《おかみ》が来て告げました。

「夕食の準備が整いました。紫式部《むらさきしきぶ》様が、『早く、一緒《いっしょ》に食べましょう』と言って待っておられますよ。お部屋《へや》は『平安文学《へいあんぶんがく》の間《ま》』です」

（終）

【カラー写真】

◆巻頭グラビア

山梨県　日の出

京都府　嵯峨野の蛍

京都府　紅葉の清水寺

満開の桜

京都府　朝の竹林

京都府　五重塔と月

p.3　３つの手鞠

p.4　花のキャンドル

p.6　花見酒

p.9　畳の上に置かれた２羽の折り紙の鶴

p.33　京都府　蛇の目傘と桜

p.53　京都府　メジロ　梅

p.111　京都府　亀岡市の夢コスモス園

p.117　京都府　東福寺の敷き紅葉と通天橋

p.123　蓮の花の側で休息しているカルガモの子

p.133　京都府　新緑の無鄰菴(山県有朋の別邸)

p.140　山吹

p.159　京都府　北山杉

p.173　紫陽花

p.179　長野県　高遠城跡の夜桜と月

p.185　京都府　雪の嵐山

p.195　日本庭園と竹杓子

写真提供:アフロ。

197～202ページは、著者撮影

【主な参考文献】

上坂信男、神作光一、湯本なぎさ、鈴木美弥(訳注)『枕草子』講談社学術文庫、1999年

川村裕子(監修)『図説 王朝生活が見えてくる! 枕草子』青春新書、2015年

清川妙『あなたを変える枕草子』小学館、2013年

清少納言(著)、秦恒平(訳)『枕草子』(現代語訳 日本の古典6)、学習研究社、1980年

田中重太郎、鈴木弘道、中西健治『枕冊子全注釈』(日本古典評釈・全注釈叢書)、角川書店、1972年

萩谷朴(校注)『枕草子』(新潮日本古典集成 新装版)、2017年

山口仲美『清少納言 枕草子』(NHK「100分de名著」ブックス)、NHK出版、2015年

山本淳子『枕草子のたくらみ』朝日新聞出版、2017年

渡辺実(校注)『枕草子』(新日本古典文学大系25)、岩波書店、1991年

〈イラスト〉

黒澤　葵（くろさわ　あおい）

平成元年、兵庫県生まれ。
筑波大学芸術専門学群卒業。日本画専攻。
好きな漢詩は「勧酒」。お酒は全く飲めない。
季節の移り変わりを楽しみながら
イラスト・マンガ制作をする日々。

〈著者略歴〉

木村　耕一（きむら　こういち）

昭和34年、富山県生まれ。
富山大学人文学部中退。
東京都在住。
エッセイスト。
著書
　新装版『親のこころ』、『親のこころ２』、『親のこころ３』
　新装版『こころの道』、新装版『こころの朝』
　新装版『思いやりのこころ』
　『人生の先達に学ぶ　まっすぐな生き方』
　『こころ彩る徒然草』、『こころに響く方丈記』
　『美しき鐘の声　平家物語』１～３など。
監修・原作
　『マンガ 歴史人物に学ぶ
　　大人になるまでに身につけたい大切な心』１～５

こころきらきら枕草子
笑って恋して清少納言

平成30年（2018）７月30日　第１刷発行
令和２年（2020）９月18日　第２刷発行

著　者　木村　耕一

発行所　株式会社　１万年堂出版
〒101-0052　東京都千代田区神田小川町2-4-20-5F
電話　03-3518-2126
FAX　03-3518-2127
https://www.10000nen.com/

装幀・デザイン　遠藤 和美

印刷所　凸版印刷株式会社

 ISBN978-4-86626-035-8 C0095

意訳で楽しむ古典シリーズ

美しき鐘の声

平家物語【全3巻】

木村耕一 著　イラスト　黒澤葵

祇園精舎の鐘の声、
諸行無常の響きあり

各巻サブタイトル
一 諸行無常の響きあり
二 春の夜の夢のごとし
三 風の前の塵に同じ

読者から感動の声

埼玉県　69歳・男性
なんと分かりやすい感情のこもった意訳なんでしょうか。古文の教科書などではわからない『平家物語』の真髄に触れた思いがします。

愛知県　13歳・男子
親子の絆や夫婦がお互いを思う気持ち、主従の絆などが、すごく伝わってきました。

栃木県　40歳・男性
一気に読んでしまいました。
幸せを手に入れる選択の間違いや、運命に振り回され滅びの道を歩む人々のエピソード。最後の戦いに敗北し、自ら死を選ぶ平家の人々の悲しい最期。そして戦いが終わっても、身内で争う人間の業……。
すごすぎます。人間が生きていくかぎり、同じことを、今も繰り返していることに気づき、自分自身の生き方を考えるきっかけを与えてくれた、すばらしい本です。

▲
こちらから試し読みができます

◎定価 本体各1,600円＋税

(一) ISBN978-4-86626-040-2
(二) ISBN978-4-86626-047-1
(三) ISBN978-4-86626-048-8

オールカラー　四六判 上製

こんな毎日のくり返しに、
どんな意味があるのだろう？

なぜ生きる

高森顕徹 監修
明橋大二（精神科医）
伊藤健太郎（哲学者） 著

◎定価 本体 1,500円＋税
四六判 上製　372ページ
ISBN978-4-925253-01-7

生きる目的がハッキリすれば、勉強も仕事も健康管理もこのためだ、とすべての行為が意味を持ち、心から充実した人生になるでしょう。病気がつらくても、人間関係に落ち込んでも、競争に敗れても、「大目的を果たすため、乗り越えなければ！」と〝生きる力〟が湧いてくるのです。（本文より）

福島県　35歳・女性

毎日、平凡な、変わりばえのしない生活の中で、さらに離婚をして、これからどうやって生きていけばいいのか？と思い悩んでいた時、本書に出会いました。格好悪くても、一生懸命生きることの大切さを教えていただきました。

これからもつまずき、思い悩みながら生きていくことになると思いますが、本書を読み返し、がんばっていこうと思います。

鹿児島県　62歳・女性

いろいろ重なり、心も体も疲れはて、自分が壊れていく寸前でした。この本を読んで、自分自身を見つめ直し、自分を取り戻すことができました。この本に巡り会えたことに、感謝の気持ちで一杯です。

新潟県　65歳・女性

私は、ガンをわずらい、病院へ月一回通っています。そんなおり、この本に出会いました。本を読んでいるうちに生きる勇気がわいてきました。